HEYNE BÜCHER

Das Buch

David Lodge, den Umberto Eco einmal den ›Erfinder einer neuen Gattung‹, nämlich des akademischen Schelmenromans, genannt hat, überrascht hier mit einer weiteren Gattung, nämlich einem gänzlich unkonventionellen Drama.

Zu einem literarischen Wochenendseminar für alle, »die gern Schriftsteller werden möchten«, sind drei bekannte Gastdozenten eingeladen worden: der amerikanische Autor Leo Rafkin (viele Preise, kleine Auflagen), die attraktive englische Bestseller-Autorin Maude Lockett (hohe Auflagen, keine Preise) und der smarte englische Newcomer Simon St. Clair (dank glänzender PR erfolgreiche Veröffentlichung von 256 absolut leeren Seiten).

Ebenso wenig wie die Teilnehmer wird der Leser am Ende des Stückes ein Generalrezept für eine erfolgreiche Buchveröffentlichung erfahren haben; dafür aber umso mehr über die sensiblen Befindlichkeiten, Eitelkeiten und Eifersüchteleien der drei dozierenden Autoren. So daß am Ende eine der Teilnehmerinnen sagen wird: »Ich habe mal irgendwo gelesen, daß Haie niemals schlafen und nie aufhören, sich zu bewegen. Sie müssen immer schwimmen und fressen, sonst saugen sie sich voll Wasser und ertrinken. So kommen mir Schriftsteller vor. Sie müssen immer in Bewegung bleiben, Erfahrungen verschlingen, sie in Geschriebenes verwandeln, denn sonst würden sie nicht mehr anerkannt, gelobt und respektiert – und das wäre für sie der Tod.«

»In dem Drama *Literatenspiele* zeigt Lodge ziemlich genau und mit sehr viel Humor die Problemlage von modernen Autoren.« *Neue Zürcher Zeitung*

Der Autor

David Lodge, geboren 1935 in London, lehrte von 1960 bis 1987 als Professor für Moderne englische Literatur an der Universität Birmingham. Er lebt – verheiratet, drei Kinder – als freier Schriftsteller in Birmingham. Im Wilhelm Heyne Verlag sind erschienen:
Neueste Paradies-Nachrichten (01/9531), *Saubere Arbeit* (01/8871) und *Ins Freie* (01/9859).

DAVID LODGE

LITERATENSPIELE

oder
Das kreative Wochenendseminar
für kommende Schriftsteller

Eine Komödie

Aus dem Englischen
von Inge Greiffenhagen
und Daniel Karasek

WILHELM HEYNE VERLAG
MÜNCHEN

HEYNE ALLGEMEINE REIHE
Nr. 01/10324

Titel der Originalausgabe
THE WRITING GAME – A COMEDY
erschien 1991 bei Secker & Warburg, London

Umwelthinweis:
Das Buch wurde auf
chlor- und säurefreiem Papier gedruckt.

Einzig berechtigte Taschenbuchausgabe
Wilhelm Heyne Verlag GmbH & Co. KG, München
Printed in Germany 1997
Umschlagillustration: Volker Kriegel
Umschlaggestaltung: Atelier Ingrid Schütz, München
Gesamtherstellung: Ebner Ulm

ISBN 3-453-12494-4

Personen
in der Reihenfolge ihres Auftretens

JEREMY DEANE

LEO RAFKIN

MAUDE LOCKETT

PENNY SEWELL

SIMON ST. CLAIR

und die Stimme von HENRY LOCKETT

Das Stück spielt im Wheatcroft Centre, einem Bauernhaus mit Scheune aus dem 17. Jahrhundert, in Dorset; umgebaut zur Unterbringung der Teilnehmer an Kurzseminaren für kreatives Schreiben. Zeit: Letzten Sommer.

Vorbemerkung des Autors

Es würde mich in Verlegenheit bringen, wenn ich alle Leute auflisten sollte, die das Manuskript dieses Stücks in den verschiedenen Stadien seines Entstehens gelesen und nützliche Kommentare und Vorschläge zur Verbesserung beigebracht haben, doch ich möchte für Hilfe und Ermunterung besonders diesen drei meinen Dank sagen: Patrick Garland, Mike Ockrent und John Adams.

»The Writing Game« wurde am 12. Mai 1990 im Birmingham Repertory Theatre uraufgeführt. Regie führte John Adams, das Bühnenbild schuf Roger Butler, Lichtregie hatte Mark Pritchard. Die Besetzung war wie folgt: JEREMY DEANE John Webb, LEO RAFKIN Lou Hirsch, MAUDE LOCKETT Susan Penhaligon, PENNY SEWELL Lucy Jenkins, SIMON ST. CLAIRE Patrick Pearson, Stimme von HENRY LOCKETT Timothy West. D. L.

I. AKT

1. Szene. Früher Nachmittag.

Eine umgebaute Scheune aus dem 17. Jahrhundert. Ein nach oben offenes Wohnzimmer mit einer Tür links nach draußen und zwei Innentüren zu einem Schlafzimmer und einem Badezimmer im Erdgeschoß. Eine Treppe (wenn möglich Wendeltreppe) zum oberen offenen Flur, von dem eine Tür in ein zweites Schlafzimmer führt. Die Schlafzimmer (soviel davon zu sehen ist) sind kärglich möbliert mit Einzelbetten, Stühlen, Kommoden und Kleiderhaken an den Wänden. Das Wohnzimmer ist mit abgenutzten, nicht zueinander passenden Möbeln eingerichtet: ein Sofa, ein Sessel, ein kleiner Tisch in der Mitte der Bühne; rechts ein einfacher Schreibtisch (Tischplatte auf Böcken) mit einem abgenutzten Drehstuhl und ein paar Holzklappstühlen. Vorn links ein kleiner L-förmiger Spülschrank mit Arbeitsplatte; darauf ein elektrischer Wasserkessel, Nescafé- und Teebeutel, darunter ein Brett mit Tassen, Gläsern usw., daneben ein hoher Stuhl. Vorn rechts auf einem kleinen Tisch mit Schublade steht ein Anrufbeantworter, bei dem man die ankommenden Gespräche mithören oder abstellen kann. Auf dem Fußboden liegen geflochtene Matten. Ein kleines Bücherregal, das an der Wand neben der Tür zum unteren Schlafzimmer angebracht ist, enthält ein paar abgegriffene Nachschlagewerke, Lexika usw. und eine beliebige Auswahl von Taschenbüchern. Der Raum sollte rustikal, improvisiert und nicht besonders gemütlich wirken. An der Hinterwand links die Büste eines distinguiert aussehenden älte-

ren Mannes, die irgendwann in den letzten dreißig Jahren angefertigt worden ist.
Die Außentür wird geöffnet.

JEREMY *off* Da wären wir.

JEREMY, *in Cordsamthosen und Strickjacke, kommt herein. Er trägt einen Koffer. Hinter ihm kommt* LEO, *in Sportjackett und Sommerhosen, mit einem tragbaren Computer in einem Koffer.* JEREMY *ist Junggeselle mittleren Alters; er hat eine etwas hektische Art.* LEO *ist ungefähr fünfzig, amerikanischer Jude, grau und mit Runzeln auf der Stirn, aber ziemlich gut aussehend. Er wirkt etwas deprimiert und skeptisch.*

Wie Sie sehen, ist das eine umgebaute Scheune. *Er stellt den Koffer ab.* Es gibt zwei Schlafzimmer, eins oben und eins unten. *Er zeigt in die jeweilige Richtung.* Badezimmer und Klo sind da. *Er zeigt auf die zweite Tür im Erdgeschoß.* Maude ist noch nicht hier, Sie können sich also ein Schlafzimmer aussuchen.

LEO Welches empfehlen Sie mir?

JEREMY Na ja, ein paar Leute, die oben geschlafen haben, haben sich über die Vögel in der Dachrinne beklagt.

LEO Dann nehme ich das unten. *Er stellt den Computer auf den kleinen Tisch und nimmt seinen Koffer.* Ziemlich altes Gemäuer, was?

JEREMY Siebzehntes Jahrhundert. Das Haupthaus auch.

LEO Steinfußböden. Muß im Winter lausig kalt sein.

LEO *geht mit seinem Koffer in das untere Schlafzimmer.* JEREMY *geht ihm nach und lehnt sich an den Türrahmen.*

JEREMY Och, wir schließen von Dezember bis März.

LEO *wirft den Koffer auf das Bett, öffnet ihn und fängt an, ein paar Dinge auszupacken.*

LEO *etwas lauter* Und was tun Sie dann, Jeremy?
JEREMY Ich fahre immer nach Marokko. Ich setze mich in die Sonne und schreibe Gedichte.
LEO Sie sind also Dichter, hm? Und außerdem organisieren Sie die Sache hier?
JEREMY Naja, ich habe ein oder zwei schmale Bändchen veröffentlicht... Ich könnte es Ihnen zeigen, wenn es Sie interessiert.

JEREMY *nimmt ein dünnes Buch aus dem Bücherregal.*

LEO Ich verstehe nicht das Geringste von Gedichten. Ich begreife einfach nicht, warum Leute immer noch so was schreiben. Das liest doch keiner mehr – außer anderen Dichtern. *Er kommt zur Tür.* Das war nicht persönlich gemeint.

JEREMY *versteckt das Buch hinter seinem Rücken.*

JEREMY Och, ich weiß schon, was Sie meinen. Die Leserschaft ist verschwindend klein. Aber vermutlich schreibt man immer noch Gedichte, weil man von der *Musik* der Sprache besessen ist.
LEO Der Musik?
JEREMY Klänge, Rhythmen, Kadenzen.
LEO Also, das kriegt man auch mit Prosa hin.
JEREMY Ja ja, ich bin vollkommen Ihrer Meinung. Ihre Kurzgeschichten kommen mir zum Beispiel fast wie Gedichte vor.

LEO Hoffentlich nicht.

JEREMY Ich meine –

LEO *lächelt schwach* Klar, ich weiß, was Sie meinen, Jeremy.

LEO *kommt wieder ins Wohnzimmer.* JEREMY *stellt verstohlen sein Buch wieder in das Regal.*

Benutzen wir dieses Zimmer gemeinsam – Maude Lokkett und ich?

JEREMY Ja, hierher können Sie sich zurückziehen, wenn Sie die Arbeiten der Studenten lesen oder sich mit einzelnen unterhalten wollen. *Er lächelt.* Oder wenn Sie die Flucht vor ihnen ergreifen wollen.

LEO *sieht etwas besorgt aus.*

LEO Wie viele Teilnehmer hat der Kurs?

JEREMY Sechzehn.

LEO Mehr nicht?

JEREMY Zwanzig ist unser Maximum, und ein paar haben leider ihre Anmeldung zurückgezogen, als Maurice Denton abgesagt hat. Er hat hier eine richtige Gemeinde. Es war wirklich sehr freundlich, daß Sie so kurzfristig eingesprungen sind.

LEO Woher wußten Sie, daß ich gerade in England bin?

JEREMY Vor ein paar Wochen war ein Interview mit Ihnen im ›Guardian‹.

LEO Ach ja.

JEREMY Und darin stand, daß Sie an der Universität von Illinois kreatives Schreiben unterrichtet haben. Ich dachte, es wäre vielleicht interessant für Sie, Ihre Studenten mit unseren hier zu vergleichen.

LEO *unsicher* Wenn die hier alle Fans von Maurice Denton sind ... Ich habe versucht, eins seiner Bücher zu lesen. Habs aber nicht bis zum Ende geschafft.

JEREMY Och, die Studenten fressen Ihnen bestimmt in kürzester Zeit aus der Hand.

LEO Apropos: wo esse ich?

JEREMY Im Haupthaus. Frühstück und Mittagessen sind ganz zwanglos – Sie nehmen sich, was Sie finden. Abendessen machen die Studenten abwechselnd und waschen auch hinterher ab. Sie und Maude selbstverständlich nicht.

LEO Freut mich zu hören.

JEREMY Es gibt allerdings Dozenten, die auch mal mit abtrocknen, und das kommt natürlich bei den Studenten gut an.

Pause. LEO *reagiert nicht auf den Wink.* JEREMY *geht zur Spüle.*

Sie können sich hier selber eine Tasse Tee oder Kaffee machen. *Er zieht den Stöpsel heraus und sieht in den Abfluß.* Mein Gott!

LEO Was ist?

JEREMY Die Mundartdichter vorige Woche haben anscheinend die Spüle mit ihrem Lapsang Suchong verstopft. Dabei habe ich ihnen extra gesagt, sie sollen Teebeutel benutzen.

LEO Haben Sie so ein, Sie wissen schon, so ein Saugding?

JEREMY Ich glaube, wir nennen es Saugglocke. Drüben im Haus ist eine. *Er stochert im Abfluß herum.* Das hier könnte man vermutlich als ein besonders unangenehmes Dichtungs-Problem bezeichnen.

JEREMY *kichert über seinen eigenen Witz, aber*

LEO *findet den Wortwitz offensichtlich nicht zum Lachen.*

Möchten Sie eine Tasse Tee?

LEO Ich hätte gern einen Kaffee.

JEREMY Ist leider nur Nescafé.

JEREMY *füllt Wasser in den elektrischen Kessel und schaltet ihn ein.* LEO *fängt an, seinen Computer auszupacken.*

Wie ich sehe, haben Sie Ihre Schreibmaschine mitgebracht.

LEO Das ist keine Schreibmaschine, das ist ein tragbarer Computer. Wo kann ich ihn anschließen?

JEREMY Da drüben. Vielleicht muß ich Ihnen noch einen Adapter holen. Die Steckdosen hier sind ziemlich extravagant, und man kriegt die passenden Stecker nicht mehr... wollten Sie hier was schreiben?

LEO Meinen Sie, dafür bleibt mir keine Zeit?

JEREMY Na ja, die Kursteilnehmer bringen bestimmt ihre unveröffentlichten Romane mit, obwohl wir ihnen immer wieder sagen, daß sie das nicht tun sollen, und sie erwarten, daß die Dozenten sie lesen. LEO *sieht unglücklich aus.* Da muß man einfach hart sein.

LEO Hart?

JEREMY Strengste Rationierung. Nur ein magnum opus pro Person.

LEO Ich glaube langsam, es war doch keine gute Idee herzukommen.

JEREMY *fröhlich* Oh, Sie werden begeistert sein. Am Schluß geht es allen so. Es herrscht immer eine so gute *Atmosphäre* am Ende eines erfolgreichen Kurses.

LEO Und wie ist die Atmosphäre bei nicht erfolgreichen Kursen?

JEREMY Ein Kurs von Leo Rafkin und Maude Lockett *muß* einfach ein Erfolg werden ... Kennen Sie sie?

LEO Nein.

JEREMY Eine charmante Frau. Und kein bißchen arrogant. Haben Sie ihre Romane gelesen?

LEO Einen oder zwei.

JEREMY Um ehrlich zu sein, ich kann nicht sehr viel damit anfangen. Menstruation, Fehlgeburten, Stillen und so weiter – irgendwo hörts da bei mir auf.

LEO Ich weiß, was Sie meinen.

JEREMY Nach einer Weile kribbelts mir in den Brustwarzen ... Aber sie ist wahnsinnig nett. *Und* kann sehr gut mit den Studenten umgehen.

LEO Ist sie verheiratet?

JEREMY Allerdings. Mit einem Oxford-Professor. Sie haben, glaube ich, vier Kinder. Und Sie?

LEO Ich habe drei Kinder von zwei Frauen und bin im Augenblick mit keiner von beiden verheiratet.

JEREMY Ah.

> JEREMY *geht zur Spüle und legt die Hand auf die Seite des Kessels.*

Wenn der Kessel nicht warm wird, dann versetzen Sie ihm einfach einen tüchtigen Schlag. So. *Er schlägt auf den Kessel.*

LEO Sie sind hier nicht gerade auf dem neuesten Stand der Technik.

JEREMY Nein. Aber wir haben einen Anrufbeantworter. *Er geht zum Telefon und zeigt darauf.*

LEO *ironisch* Toll.

JEREMY Die Dozenten haben sich immer beschwert, daß sie nicht von hier aus telefonieren konnten, und als wir dann voriges Jahr Telefon haben legen lassen, haben sie sich beschwert, weil sie dauernd gestört wurden. Deshalb haben wir den Anrufbeantworter gekauft. Er ist nagelneu.

LEO Diese Kursteilnehmer – was sind das eigentlich für Leute?

JEREMY Och, von jedem etwas. Hausfrauen, Rentner, Arbeitslose.

LEO Wie wählen Sie sie aus?

JEREMY Oh, wir *wählen* sie nicht aus. Sie melden sich einfach an. Wer zuerst kommt, mahlt zuerst.

LEO Und woher wissen Sie, ob sie schreiben können?

JEREMY Tja, das wissen wir eben nicht. LEO *sieht bestürzt aus.* Deswegen machen diese Wheatcroft-Seminare ja so viel Spaß.

LEO Spaß?

JEREMY Sie sind so unberechenbar.

Das Wasser im Kessel kocht. JEREMY *gibt mit dem Löffel Kaffeepulver in zwei Tassen und gießt Wasser darauf.*

Milch und Zucker? Ist leider nur Dosenmilch.

LEO Nein danke, ich trinke ihn schwarz. *Er nimmt* JEREMY *seinen Kaffee ab.* Warum heißt es »Wheatcroft«?

JEREMY *zeigt auf die Büste.*

JEREMY Nach unserem Gründer. Aubrey Wheatcroft.

LEO Wer war das?

JEREMY Ein ganz unbedeutender, idealistischer Dichter, und von Haus aus sehr reich. Er hat bestimmt, daß seine ganze Hinterlassenschaft zur Gründung dieses Instituts verwendet werden sollte. Er glaubte daran, daß in jedem Menschen unerschlossene Talente schlummern, die sich in der richtigen Umgebung entfalten können.

LEO Sie meinen, Steinfußböden und Vögel in der Dachrinne?

JEREMY Ja, er hat ausdrücklich einen Ort auf dem Land gewünscht. Aber das Entscheidende ist der soziale Kontakt. Menschen, die Schriftsteller werden wollen, kommen vier oder fünf Tage lang in einem einsamen Bauernhaus mit Menschen zusammen, die Schriftsteller *sind.* Sie sollen zusammen essen, arbeiten und sich entspannen. Lesungen, Arbeitskreise, Einzelunterricht, zwanglose Diskussionen. Das *muß* einfach stimulierend wirken. Es ist wie ein Dampfkochtopf.

Eine Pause, während LEO *über diese Metapher nachdenkt. Er stellt seine Kaffeetasse hin.*

LEO Ich reise ab.

LEO *geht ins Schlafzimmer und fängt hastig an, seinen Koffer wieder zu packen.* JEREMY *geht ihm bis zur Schlafzimmertür nach.*

JEREMY *entgeistert* Sie reisen ab? Aber warum? Das können Sie doch nicht machen.

LEO Tut mir leid. Ich hätte überhaupt nicht herkommen dürfen.

JEREMY Aber was hab ich denn gesagt?

LEO Nichts als die Wahrheit, Jeremy.

JEREMY Ich verstehe nicht, warum.

LEO *kommt mit seinem Koffer aus dem Schlaf-*

zimmer und packt den Computer wieder in den dazugehörigen Koffer.

LEO Ich hatte mir das anders vorgestellt. Ich dachte, ich würde normalen Studenten ein paar normale Stunden geben und hätte ansonsten Zeit, um mit meiner eigenen Arbeit weiterzukommen. Ich hatte keine Ahnung, daß es sich um ... um einen Dampfkochtopf handelt.

JEREMY Aber was ist mit den Kursteilnehmern? Sie haben Geld bezahlt.

LEO Nicht für mich. Für Maurice Denton. Oder Maude Lockett.

JEREMY Sie können von Maude nicht verlangen, daß sie alles allein macht.

LEO *steht abschiedsbereit mit beiden Koffern in den Händen da.*

LEO Och, ich bin überzeugt, daß sie damit fertig wird. Eine Frau, die vier Kinder großgezogen hat, jede Woche eine Buchkritik in der ›Times‹ schreibt, jeden zweiten Tag im Radio oder Fernsehen auftritt und zehn Bestseller geschrieben hat –

Während er spricht, erscheint MAUDE *in der Tür, mit einem Koffer in der Hand. Sie ist eine gutaussehende, selbstsichere Frau Anfang vierzig, zwanglos, aber teuer gekleidet.*

MAUDE Genauer gesagt, neun.

JEREMY *dreht sich um* Maude! *Er geht schnell auf sie zu, um sie zu begrüßen.* Ich habe deinen Wagen gar nicht gehört. *Er nimmt ihre Hand und küßt sie auf die Wange.*

MAUDE Schön, dich zu sehen, Jeremy. *Sie geht auf* LEO *zu und streckt die Hand aus.* Und Sie müssen Leo Rafkin sein.

LEO *schüttelt ihr die Hand* Hallo.

MAUDE Es waren nur neun Romane, und Nummer neun ist vor so langer Zeit erschienen, daß ich gar nicht daran denken mag – wahrscheinlich wegen der vielen Buchkritiken und Fernsehauftritte.

LEO *verlegen* Entschuldigen Sie. Ich – ähm – ich hatte nicht die Absicht …

MAUDE *lächelt* Schon gut.

JEREMY Maude – Leo will wieder abreisen. Überred du ihn doch, daß er bleibt.

> MAUDE *sieht* LEO *fragend an. Er ist schon dabei, seine Meinung zu ändern.*

LEO Naja, je mehr Jeremy mir über das Seminar erzählt hat …

MAUDE Mein Gott, Jeremy, was hast du ihm bloß erzählt?

LEO Er hat gesagt, das hier wäre ein Dampfkochtopf.

JEREMY Um Gottes willen! Das war doch bloß eine Metapher!

LEO Es klingt alles so intim. Für mich ist eine Klasse eine Klasse und keine Begegnungsstätte.

JEREMY *klagend* Sie brauchen sich nicht mit den Studenten zu verbrüdern. Sie sollen bloß ihre Arbeiten beurteilen.

MAUDE Das stimmt. Wir könnten ein sehr erfolgreiches Team werden. Sie behandeln sie ganz fies und brutal, und dann komme ich und bin hilfreich und verständnisvoll. Macht man das bei einem Verhör nicht auch so?

Leo ist unsicher, ob sie sich über ihn lustig macht oder nicht.

Jeremy Bitte, bleiben Sie. Alle wären sonst sehr enttäuscht.

Maude Es hat keinen Zweck, Mr. Rafkin zu zwingen, Jeremy. Wenn er meint, daß er der Sache nicht gewachsen ist ...

Leo *protestiert* Es geht nicht darum, ob ich »der Sache gewachsen« bin.

Jeremy Versuchen Sie es doch wenigstens. Einen Tag.

Pause. Leo *sieht* Maude *an in der Hoffnung, daß sie sich dieser Bitte anschließt. Sie schweigt.*

Leo Na gut.

Jeremy Wunderbar.

Maude So, das hätten wir. Wo schlafe ich?

Leo *schnell* Ich habe das untere Schlafzimmer genommen.

Maude Nett von Ihnen.

Leo *verwirrt* Nett?

Maude Ja, es ist ziemlich feucht, haben Sie das nicht bemerkt? Und in dieser Jahreszeit wimmelt es dadrin von Käfern.

Leo *lächelt matt.*

Jeremy *zu* Maude Ich bring deinen Koffer rauf.

Maude Danke.

Jeremy *bringt* Maudes *Koffer die Treppe hoch ins obere Schlafzimmer.*

Leo Sie waren offensichtlich schon mal hier.

MAUDE Sehr oft. Ich brauche jetzt unbedingt eine Tasse Tee. Sie auch?

LEO Nein danke.

> MAUDE *geht zur Spüle, holt Tasse und Untertasse und macht sich während des folgenden Dialogs eine Tasse Tee mit einem Teebeutel. Sie beweist ihre Vertrautheit mit den Örtlichkeiten durch einen Schlag auf den Wasserkessel.*

MAUDE *sieht in die Spüle* Oh, die scheint verstopft zu sein.

LEO Die Mundartdichter.

MAUDE Ach?

LEO Sie kommen wohl gern hierher, Maude?

MAUDE Ja.

LEO Und wohl kaum, weil Sie das Geld brauchen.

MAUDE *findet die Bemerkung etwas impertinent* Wohl kaum. Aber ich nehme auch nicht an, daß Sie wegen des Honorars hergekommen sind, Mr. Rafkin.

LEO Nennen Sie mich bitte Leo. Es war ein spontaner Entschluß. Ich kam mit meiner Arbeit nicht voran. Und da dachte ich, ein Tapetenwechsel würde mir guttun.

> JEREMY *kommt leise die Treppe herunter, bleibt am unteren Ende stehen, weil er nicht unterbrechen will.*

Sie wissen wahrscheinlich, daß ich sechs Monate in England verbringe, um an meinem Buch zu schreiben.

MAUDE Nein, das wußte ich nicht.

LEO Es stand im ›Guardian‹.

MAUDE Ach. Wir lesen die ›Times‹ und den ›Independent‹.

LEO Ich bin von meiner Universität beurlaubt worden. Ich habe ein Guggenheim-Stipendium.

MAUDE *eine Spur spöttisch* Gratuliere.

LEO Ich schreibe an einem Roman über das Ende des zweiten Weltkriegs in Europa.

MAUDE Da haben Sie sich aber viel vorgenommen.

LEO Das kann man wohl sagen.

JEREMY Ähm – ich gehe lieber mal rüber, sonst fühlen sich die Studenten vernachlässigt. Müssen wir noch irgendwas wegen des Seminars besprechen?

MAUDE Ich dachte, wir halten uns an die übliche Methode.

JEREMY Scheint mir auch das Beste.

LEO Was ist die übliche Methode?

JEREMY *wie jemand, der eine vorbereitete Rede aufsagt* Der heutige Abend nach dem Essen dient dazu, daß sich alle kennenlernen. Morgen früh werden Sie beide dann den Studenten erklären, wie Sie sich den Ablauf des Seminars vorstellen. Wir halten es für besser, daß die Teilnehmer hier etwas Neues schreiben und nicht nur das alte Zeug verbessern, das sie mitgebracht haben.

LEO *ironisch* Zum Beispiel einen ganzen Roman in vier Tagen schreiben?

JEREMY Och, das ist schon vorgekommen, ob Sie es glauben oder nicht. Ich meine aber eigentlich ein Romankapitel oder eine Kurzgeschichte.

LEO Da hat wirklich jemand einen ganzen Roman in vier Tagen geschrieben?

JEREMY Ja, er hat die Nächte durchgearbeitet – mit Benzedrin oder so was Ähnlichem.

MAUDE Hat der Roman was getaugt?

JEREMY Das war vor meiner Zeit. Ich glaube aber nicht.

LEO Immerhin – vier Tage, um eine ganze Welt zu erschaffen. Selbst der liebe Gott hat dazu sechs gebraucht. Den Mann würde ich gern kennenlernen.

JEREMY Also, am ersten Tag, nach der gemeinsamen Sitzung, sollten Sie und Maude sich einzeln mit den Studenten beschäftigen. Ein paar brauchen vielleicht Ermutigung, um mit dem Schreiben anzufangen.

LEO Anzufangen?

JEREMY Ja.

LEO Sie meinen, einige von diesen Leuten haben noch nie vorher etwas geschrieben?

JEREMY So ist es. Aber sie haben das Gefühl, daß sie schreiben *möchten.*

LEO *schüttelt ungläubig den Kopf.*

LEO *unterdrückt* Um Himmels willen.

JEREMY Morgen abend werden Sie oder Maude etwas Eigenes lesen, der andere dann am nächsten Abend. Sie haben doch sicher etwas mitgebracht?

LEO Ja.

MAUDE Ihren Roman über den Krieg?

LEO Ich lese nie aus einem Buch, an dem ich noch arbeite.

MAUDE Warum nicht?

LEO Wenn die Zuhörer anschließend nicht mindestens zehn Minuten stehend applaudieren, verliert man den Glauben daran.

MAUDE Oh, bei mir ist es genau umgekehrt. Ich probiere gern Sachen aus.

JEREMY Am dritten Abend kommt dann der Gastautor.

LEO *Noch* ein Autor?

JEREMY Ja. Wir haben festgestellt, daß zu diesem Zeitpunkt, wenn jeder jeden ziemlich gut kennt und die

Atmosphäre ein bißchen zu gemütlich ist, daß es dann angebracht ist, einen Katalysator einzuführen. Jemanden mit einer völlig neuen Perspektive. Er oder sie kommt nur für einen Abend, liest etwas nach dem Abendessen und fährt am nächsten Morgen wieder ab.

LEO Wer kommt?

JEREMY Simon St. Clair.

LEO Dieses Arschloch?

JEREMY *wirft* MAUDE *einen beunruhigten Blick zu* Sie kennen ihn?

LEO Er hat mich mal interviewt, in Chicago. Hat mich erst mit Komplimenten überschüttet und mich dann in seinem Artikel mit Dreck beworfen.

JEREMY Oh. Das habe ich natürlich nicht gewußt, als ich ...

MAUDE Ich glaube nicht, daß er es wirklich böse gemeint hat, Leo.

LEO O doch, und ob er es böse gemeint hat. Haben Sie den Kerl schon mal getroffen?

MAUDE Gelegentlich.

JEREMY Er bleibt sowieso nicht lange. Der nächste Tag ist dann der letzte. Endspurt für die Studenten, dann frühes Abendessen, und anschließend lesen die Studenten aus ihren neuen Arbeiten vor. Das ist so eine Art Abschiedsritus. Deshalb halten wir es für wichtig, daß die Dozenten an den Abenden vorher lesen. Der letzte Abend artet normalerweise in eine Party aus, wo alle ziemlich müde und sentimental sind. Am nächsten Morgen nach dem Frühstück reisen dann alle ab.

LEO Wenigstens etwas, auf das man sich freuen kann.

MAUDE Och, nun seien Sie doch nicht so muffelig!

LEO *verblüfft* Wie bitte?

MAUDE Wenn Sie gehen wollen, dann gehen Sie doch, bitte! Lieber halte ich den ganzen Kurs allein, als daß Sie die nächsten vier Tage hier rumhängen und jammern.

Pause

LEO Ich habe gesagt, ich bleibe, also bleibe ich auch.

LEO *stolziert in sein Schlafzimmer und schließt die Tür.* MAUDE *sieht* JEREMY *an und zieht eine halb amüsierte, halb verzweifelte Grimasse.*

JEREMY Also, ich gehe dann wohl lieber. *Leise* Ein bißchen peinlich, daß er was gegen Simon hat.

MAUDE Hm. Schade, daß Simon nicht der zweite Dozent ist.

JEREMY Ich hab ihn gefragt.

MAUDE *gespielt gleichgültig* Hast du ihm gesagt, daß ich ihn vorgeschlagen habe?

JEREMY Nein, ich wußte nicht genau, ob du ... Hätte ich das tun sollen?

MAUDE Nein. Weiß ich nicht. Spielt eigentlich keine Rolle.

JEREMY Er hat gesagt, er hätte einen Eid geschworen, nie wieder in Wheatcroft zu unterrichten.

MAUDE Wieso?

JEREMY Beim letzten Mal hat ein Zeuge Jehovas versucht, ihn zu bekehren, und ein Polizist hat sich betrunken und dann alles über seine Designerjeans gekotzt.

MAUDE Na so'n Pech!

JEREMY Naja, er hat alle ziemlich provoziert... Ich glaube, er hat die Einladung für die Gastlesung nur deswegen angenommen, weil du hier bist.

Das Telefon klingelt zweimal, hört dann auf.

MAUDE *überrascht* Habt ihr jetzt Telefon hier?

JEREMY Ja, mit Anrufbeantworter. Es klingelt zweimal, und dann wird der Anruf aufgezeichnet. Einer von diesen hinterlistigen Apparaten, wo man mithören kann, wenn der Anrufer eine Nachricht hinterläßt.

Man hört die verstärkte Stimme von HENRY LOCKETT, *Oxford-Professor mittleren Alters, vom Anrufbeantworter.* MAUDE *und* JEREMY *sprechen während seines Monologs weiter.*

HENRYS STIMME Hallo – ähm – hier ist Henry Lockett mit einer Nachricht für Maude Lockett.

MAUDE Henry!

HENRYS STIMME Ähm – Maude – ich habe meine Manschettenknöpfe verloren, vielmehr, ich kann sie nicht finden, ich meine, ich finde keine, die zusammenpassen und – äh – heute ist das College-Fest und – ähm – ich käme mir ziemlich dämlich vor, wenn ich da mit zwei verschiedenen Manschettenknöpfen aufkreuze ...

JEREMY Du kannst den Hörer abnehmen und mit ihm sprechen.

MAUDE Nein, ich will nicht. Jeremy, dieser Apparat ist wirklich kein Fortschritt. Ich komm doch hierher, um von meinen häuslichen Pflichten wegzukommen.

HENRYS STIMME ... ich wollte nur wissen, ob du vielleicht welche hast rumliegen sehen, ich meine, welche von denen, die fehlen, und sie woanders hingelegt hast ...

MAUDE Woher wußte er überhaupt die Nummer?

JEREMY Ich nehme an, er hat im Haupthaus angerufen, und dort haben sie ihm die Nummer gegeben.

HENRYS STIMME ... oder hat vielleicht Mrs. Grimshaw, als sie das Schlafzimmer saubergemacht hat, was meinst du, ich meine, ist es möglich, daß sie die Dinger mit dem Staubsauger aufgesaugt hat, lieber Gott, hoffentlich nicht, meinst du, ich sollte im Staubsaugerbeutel nachsehen, und wenn nicht, wo zum Teufel können sie sein ...?

MAUDE Können wir ihn nicht abstellen?

JEREMY Da muß irgendwo so ein Lautstärkeregler sein. Ich kenne mich mit diesen Apparaten nicht so gut aus.

> JEREMY *geht zum Telefon und betrachtet es hilflos. Dann hat er einen Einfall, öffnet die Tischschublade und holt eine Betriebsanleitung heraus. Er liest sie stirnrunzelnd durch.*

JEREMY Mein Gott! Das ist ja Arabisch ... Aha, da stehts.

> JEREMY *dreht die Seite auf den Kopf und versucht, aus einem Diagramm schlauzuwerden.*

HENRYS STIMME Ich habe auch in deinem Schmuckkasten nachgesehen, aber sie – ich meine den roten aus Samt – hast du noch einen? Jedenfalls, da sind sie nicht, ich dachte, du hättest sie da reingelegt, aber sie sind nicht drin ...

> LEO *öffnet die Tür seines Zimmers und sieht verwirrt nach draußen.*

MAUDE *zu* LEO Mein Mann. *Zu* JEREMY Nun zieh um Himmels willen den Stecker raus, Jeremy.

Leo geht zum Telefon.

Henrys Stimme ... Also, wenn dir einfällt, wo meine Manschettenknöpfe sein könnten, ich meine, die anderen, nicht die verschiedenen, die ich habe, dann ruf mich bitte so bald wie möglich zurück. Ach, übrigens, ich habe die Einladung zu dieser Tagung angenommen –

Leo dreht am Lautstärkeregler und bringt das Telefon zum Schweigen.

Maude Vielen Dank.
Leo Gern geschehen.

Jeremy sieht von einem zum anderen.

Jeremy Also, ich sehe euch dann beim Abendessen.

Blackout

2. Szene. Später am selben Abend.

Die Scheune. Das Wohnzimmer ist dunkel und leer.

MAUDE *off* Gute Nacht, Jeremy! Bis morgen früh.

Man hört MAUDE *und* LEO *von draußen näherkommen. Die Tür geht auf,* MAUDE *tastet nach dem Lichtschalter und macht das Licht an.* MAUDE *kommt herein, hinter ihr* LEO, *der eine Saugglocke in der Hand hat.*

Na bitte! So schlimm wars doch nicht, oder?

LEO Sie sagen das so, als wäre ich grade beim Zahnarzt gewesen.

MAUDE Na ja, vor dem Abendessen hatten Sie genau diesen Wartezimmerausdruck. Wollen Sie jetzt der Spüle zu Leibe rücken?

LEO *legt die Saugglocke auf die Spüle.*

LEO Morgen. Wie wärs mit einem Gutenachtschluck? Ich habe eine Flasche Scotch in meiner Tasche.

MAUDE *nach leichtem Zögern* Also ... na gut. Ja, wäre nett.

MAUDE *setzt sich auf das Sofa.* LEO *geht in sein Schlafzimmer, um die Flasche Scotch zu holen, und läßt die Tür offen.* MAUDE *spricht etwas lauter.*

Wer war die grauhaarige Dame, neben der Sie beim Abendessen gesessen haben?

LEO Eine pensionierte Lehrerin. Ich habe ihren Namen nicht mitgekriegt.

MAUDE Sie waren ja ganz in die Unterhaltung vertieft.

LEO *kommt mit der Flasche aus dem Schlafzimmer* Nach fünf Minuten dämmerte mir, daß sie glaubt, ich hätte den »Fänger im Roggen« geschrieben. Ich habe es nicht übers Herz gebracht, ihr diese Illusion zu nehmen.

MAUDE *lacht* Und was halten Sie von Penny?

LEO Penny?

MAUDE Mrs. Sewell. Große Augen und blonde Haare.

LEO *geht zur Spüle und schenkt zwei Gläser Scotch ein.*

LEO Ich habe nicht viel aus ihr herausbekommen.

MAUDE Ich fand sie sehr nett.

LEO Wasser? Eis scheint nicht da zu sein.

MAUDE Ja bitte.

LEO *gießt etwas Wasser in* MAUDES *Glas und geht mit beiden Gläsern zum Sofa.*

LEO *Nett* sind sie alle. Die Frage ist bloß, können sie schreiben?

MAUDE Naja, warten wirs ab. Diese Kurse sind schon so etwas wie ein Sprung ins Ungewisse.

LEO *hebt sein Glas* Glück ab.

MAUDE Hmm?

LEO Das sagen Fallschirmspringer, wenn sie aus dem Flugzeug springen. *Er trinkt.*

MAUDE *lächelt und trinkt* Also dann – Glück ab. Ich bin froh, daß Sie beschlossen haben hierzubleiben. Ich bewundere Ihre Arbeit schon seit Jahren.

LEO Einschließlich »Kluge Jungfrauen und andere Geschichten«?

MAUDE *ausweichend* Das war Ihr erstes Buch, ja?

LEO Sehr gemocht haben Sie es nicht, als Sie es für den ›Spectator‹ rezensiert haben.

MAUDE Das ist lange her. Es überrascht mich, daß Sie sich noch an diese Kritik erinnern.

LEO Ich erinnere mich an alle meine Rezensionen.

MAUDE Mein Gott, ich mache mir kaum die Mühe, meine zu lesen.

LEO Ich glaube keinem Schriftsteller, der das behauptet.

> MAUDE *sieht so aus, als ob sie ihm das übelnehmen wollte, läßt es dann aber.*

MAUDE Henry liest sie für mich. Er zeigt mir nur die guten.

LEO Meine Frau – meine letzte Frau – hat mir immer nur die schlechten gezeigt. Sie ist immer extra in die Bücherei gegangen und hat sie photokopiert. So ist mir Ihre Rezension in die Hände geraten.

MAUDE *lacht unsicher* Ich kann mir nicht vorstellen, daß ich etwas wirklich Bösartiges über »Die Kluge Jungfrau« geschrieben habe.

LEO »Kluge Jungfrauen«. Sie haben geschrieben: »Leo Rafkin poliert seinen Stil, damit er sein eigenes Ego besser darin spiegeln kann.«

MAUDE Das habe ich geschrieben? Wissen Sie, Sie sollten das, was Kritiker sagen, wirklich nicht so ernst nehmen.

LEO Sie haben gut reden. Sie sind eine Bestseller-Autorin.

MAUDE Naja, aber nicht vom Format einer Jackie Collins... wenn man dabei überhaupt von Format reden kann.

LEO Aber Sie verkaufen garantiert 20 000 gebundene Exemplare und 100 000 als Taschenbuch – stimmts? Ob Sie nun gute oder schlechte Kritiken bekommen.

MAUDE Ja, schon möglich. Sie scheinen bemerkenswert gut über meine Auflagen informiert zu sein.

LEO Vor kurzem stand ein Artikel Ihres Verlegers im ›Bookseller‹. Ich gehöre nicht zu dieser Art von Autoren. Meine Bücher sind Literatur. Ich meine nicht, daß Ihre keine Literatur sind –

MAUDE *ironisch* Oh, vielen Dank.

LEO Aber Ihre Bücher verkaufen sich am Bahnhofskiosk genauso gut wie im Buchladen. Meine nicht. Ich verdiene mit ihnen eher indirekt Geld als direkt. Sie werden mit Preisen ausgezeichnet, bringen mir Stipendien ein und rechtfertigen mein Gehalt an der Universität. Deswegen reagiere ich auch so empfindlich auf Kritik. Positive Kritiken sind bares Geld für mich.

MAUDE *mit übertriebener Zerknirschung* Es tut mir leid, daß ich unfreundlich über »Kluge Jungfrauen« geschrieben habe.

LEO Och, machen Sie sich darüber keine Gedanken. Ich hatte in England noch nie Glück. *Er nimmt* MAUDES *Glas.* Ich schenke Ihnen noch einen ein.

MAUDE Danke, ich möchte keinen mehr.

LEO *überhört ihre Absage und füllt ihr und sein Glas an der Spüle nach.*

LEO Erzählen Sie mir von Henry.

MAUDE *etwas verblüfft* Von Henry? Was soll ich Ihnen von ihm erzählen?

LEO Er ist an der Universität, ja?

MAUDE Außerordentlicher Professor für Philosophiegeschichte in Oxford.

LEO *gibt* MAUDE *ihr Glas. Sie stellt es, ohne daraus zu trinken, auf den Tisch.* LEO *setzt sich neben sie auf das Sofa.*

LEO Hat er nichts dagegen, daß Sie bei diesem Kurs unterrichten?

MAUDE Nein. Warum sollte er?

LEO Wenn ich mit so einer attraktiven Frau verheiratet wäre, würde ich sie nicht fast eine ganze Woche allein weglassen.

MAUDE *lacht* Och, Henry ist nicht eifersüchtig.

LEO Ich meine nicht eifersüchtig. Ich meine, wenn ich mit so einer attraktiven Frau verheiratet wäre, dann würde ich mindestens jede zweite Nacht mit ihr schlafen wollen.

MAUDE *ist durch diesen Annäherungsversuch überrascht, aber nicht verwirrt.*

MAUDE Oh, ich verstehe. Naja, wissen Sie, nach zwanzig Jahren läßt sich die Begierde ohne größere Probleme über längere Zeit zügeln. *Sie nimmt ihr Glas und trinkt.*

LEO Zwanzig Jahre! Sie sind seit zwanzig Jahren mit demselben Mann verheiratet?

MAUDE Sie sagen es. *Sie sieht auf ihre Uhr.* Ich glaube, ich sollte jetzt lieber ins Bett gehen. Ich bin ziemlich müde nach der langen Fahrt. *Sie steht auf.*

LEO *steht auf* Trinken Sie doch noch einen.

MAUDE Nein danke. Soll ich zuerst ins Badezimmer?

LEO Aber bitte.

MAUDE Also dann, gute Nacht. Bis morgen früh.

LEO Gute Nacht.

MAUDE geht die Treppe hinauf, wobei LEO sie beobachtet, und dann in ihr Schlafzimmer. LEO trinkt sein Glas aus, geht dann mit den beiden Gläsern zur Spüle und spült sie aus. Er wirkt ruhelos und unsicher, was er jetzt tun soll. Er wirft einen flüchtigen Blick auf die Büste von Aubrey Wheatcroft; er nimmt JEREMYS Gedichtband aus dem Regal und blättert ihn, ohne zu lesen, durch. Oben zieht MAUDE ihr Kleid aus, hat darunter nur noch ihren Slip an und wirft einen Morgenrock über. Sie zieht die Schuhe aus und Hausschuhe an. Sie kommt mit ihrem Toilettenbeutel aus ihrem Zimmer. Als sie die Treppe herunterkommt, geht LEO in sein Schlafzimmer und schließt die Tür. MAUDE geht ins Badezimmer und schließt die Tür. LEO öffnet seine Tür und stellt sich vor der Schwelle auf die Lauer. Man hört die Toilettenspülung. LEO will nicht, daß MAUDE merkt, daß er ihr auflauert, geht ins Wohnzimmer zum Tisch, ändert dann seine Meinung und geht schnell zur Spüle. Er nimmt die Saugglocke und macht die entsprechenden Bewegungen, um den Abfluß der Spüle freizubekommen; dabei sieht er ab und zu zur Badezimmertür. Die Tür öffnet sich, MAUDE kommt heraus. Sie sieht LEO und lächelt höflich.

MAUDE Das Bad ist jetzt frei.
LEO Danke. Ich mache keine großen Fortschritte mit dem Abfluß.

MAUDE Überlassen Sie das Jeremy.

MAUDE *fängt an, die Treppe hinaufzugehen.*

LEO Sie hatten recht – mein Zimmer ist feucht.
MAUDE Och, so schlimm kann es doch in dieser Jahreszeit nicht sein.
LEO Und diese Käfer, von denen Sie gesprochen haben – ich habe eine Phobie gegen Krabbelviecher. Ich glaube, ich werde da drin nicht sehr gut schlafen.

MAUDE *bleibt auf der Teppe stehen.*

MAUDE *seufzt ungeduldig* Wollen Sie etwa die Zimmer tauschen?
LEO Nein. *Kurze Pause.* Ich dachte eher, ich schlafe mit in Ihrem.
MAUDE Oh, ich finde die Idee nicht so gut.
LEO Warum nicht?
MAUDE Erstens steht in meinem Zimmer nur ein Bett, und zweitens ist das ausgesprochen schmal.
LEO Ich kann ja meine Matratze mit hochbringen. Dann legen wir unsere beiden Matratzen auf den Fußboden.
MAUDE *lacht etwas gezwungen* Sie sind ganz schön frech. Wie kommen Sie darauf, daß ich mit Ihnen schlafen will?
LEO Wäre vielleicht eine nette Abwechslung von Henry.

MAUDE *geht weiter die Treppe hoch.*

Maude! Entschuldigen Sie – das hätte ich nicht sagen dürfen.

LEO, *immer noch mit der Saugglocke in der Hand, geht zur Treppe und steht unter dem Treppen-*

absatz, von wo MAUDE *auf ihn heruntersieht. Sie stehen da wie Romeo und Julia.*

MAUDE Ich glaube, wir sollten ein paar Dinge klarstellen.

LEO Natürlich. Meinen Sie Safer Sex? Keine Sorge – da paß ich schon auf.

MAUDE Ich meine, ich finde Sie nicht unwiderstehlich, und ich habe nicht die Angewohnheit, mit völlig Fremden ins Bett zu gehen.

LEO Ich bin kein völlig Fremder. Sie haben meine Bücher gelesen.

MAUDE Und sie nicht sehr gemocht, woran Sie mich gerade erinnert haben.

LEO Sie haben meine Bücher gelesen und ich Ihre. Wir wissen mehr übereinander als die meisten Paare, die sich schon ewig kennen.

MAUDE Ich weiß ja nicht, wie das bei Ihren Büchern ist, aber meine sind frei erfunden.

LEO Ach ja, frei erfunden. Kommen Sie, Maude, Sie wissen doch, alles, was Sie schreiben, kommt letzten Endes aus Ihnen selbst. Wenn nicht Ihre eigene Erfahrung spricht, dann spricht Ihr Unterbewußtsein.

MAUDE Das ist ja alles sehr interessant, aber warum heben Sie sich das nicht für die Studenten auf?

LEO Ich will Ihnen mal was sagen. Ich bin nicht hierhergekommen, weil ich Abwechslung brauchte oder weil ich mir ein Bild von britischen Seminaren über kreatives Schreiben machen wollte. Ich bin hergekommen, um Sie kennenzulernen.

MAUDE So? Warum?

LEO Ich war fasziniert von Ihnen. Dieses Foto auf Ihren Buchumschlägen – mit dem Mona-Lisa-Lächeln. Die erstaunlich vielen Bücher, die Sie geschrieben haben. Die Verkaufszahlen im ›Bookseller‹. Schönheit, Produktivität und Geld. Eine unwiderstehliche Kombination.

MAUDE Ich bringe genug Widerstand für uns beide auf. Gute Nacht. *Sie geht zur Tür des Schlafzimmers.*

LEO Und dann hab ich Ihre Bücher gelesen.

MAUDE *bleibt stehen und dreht sich um.*

MAUDE Sie wollen mir jetzt hoffentlich keine verlogenen Komplimente machen.

LEO Ihre Heldinnen sind alle wie Dornröschen, nicht? Leidenschaftliche, aber nicht ausgefüllte Frauen, die sich halb danach sehnen und halb davor fürchten, wachgeküßt zu werden.

MAUDE Und Sie wollen jetzt den Märchenprinzen spielen?

LEO Wir können auch die Schöne und das Biest spielen, wenn Ihnen das lieber ist.

MAUDE Gute Nacht.

MAUDE *geht in ihr Schlafzimmer, macht die Tür zu und schließt ab.* LEO *starrt ohnmächtig auf die Tür. Dann verschafft er seinen Gefühlen Luft, indem er die Saugglocke auf den Kopf von Aubrey Wheatcroft stülpt.*

Blackout

3. Szene. Am späten Nachmittag des nächsten Tages.

Die Scheune. LEO *ist allein. Er tippt am Schreibtisch auf seinem Computer. Auf einem Ende des Tischs liegt ein Stapel Manuskripte in Aktenordnern. Es klopft schüchtern an der Tür.* LEO, *der ungehalten ist über die Unterbrechung, sieht nicht hoch.*

LEO Ja.

Es klopft wieder.

lauter Herein!

Die Tür geht auf, PENNY *kommt herein. Sie ist eine junge Frau, Ende zwanzig oder Anfang dreißig; sie hat große Augen und lange blonde Haare. Sie trägt ein einfaches Sommerkleid und einen Sonnenschlapphut. Ihr Verhalten ist durchschaubar ehrlich, grenzt manchmal an Naivität. Anmerkung: Sie kann auch anders aussehen, vorausgesetzt, sie unterscheidet sich im Typ von* MAUDE. MAUDES *Beschreibung von ihr in I,2 muß dann entsprechend geändert werden.*

PENNY *sieht sich um* Entschuldigen Sie. Ich bin auf der Suche nach Maude Lockett.
LEO Sie ist spazierengegangen.
PENNY Oh.
LEO Ich glaube, unten am Fluß.
PENNY Ach so. *Sie zögert.* Ich wollte nur wissen, ob sie

schon einen Blick in das Kapitel geworfen hat, das ich heute morgen abgegeben habe.

LEO Wir haben uns die Sachen aufgeteilt. Wie heißt Ihrs?

PENNY »Lichter und Schatten«. Das ist der vorläufige Titel des Romans.

LEO *runzelt die Stirn* Ich glaube, das hab ich gelesen.

LEO *greift nach dem Manuskriptstapel und sieht ihn durch. Er zieht ein Manuskript heraus.*

LEO Sie sind Penny Sewell, ja?

PENNY Ja.

LEO Ja. Ich hatte das Vergnügen. »Lichter und Schatten.«

LEO *blättert in dem Manuskript.*

PENNY Was halten Sie von dem Titel? Oder finden Sie Titel vielleicht nicht wichtig?

LEO O doch, ich finde sie sehr wichtig – für den Autor. Ich sage meinen Studenten zu Hause immer, daß der Titel immer daran erinnern sollte, worum es in der Geschichte geht.

PENNY Das tut er eigentlich für mich, bei »Lichter und Schatten«.

LEO Ja, er ist O. K. Er ist in etwa das Beste an der ganzen Geschichte. Nach dem Titel geht es ständig bergab.

PENNY *niedergeschlagen* Es gefällt Ihnen nicht?

LEO Hatten Sie erwartet, daß es mir gefällt?

PENNY Ich wußte nicht, was ich erwarten sollte. Ich habe vorher noch keinem Menschen meine Arbeit gezeigt. Was stört Sie daran?

LEO Naja, es ist nicht sehr interessant, und der Stil kommt mir ziemlich bekannt vor.

PENNY Bekannt?

LEO Ja. Erinnert sehr an Virginia Woolf.

PENNY *ergeben* Ja, ich mag Virginia Woolf.

LEO *liest* »War das nun alles, was das Leben ausmachte, wenigstens ihr Leben, dachte sie, während sie an der Spüle die Kartoffeln schälte und aus dem Küchenfenster auf das kleine Rasenviereck hinausblickte, wo das Spielzeug, das Ben und Jessica liegengelassen hatten, verstreut lag wie die Überbleibsel irgendeines schrecklichen Unfalls, eines Autozusammenstoßes oder eines Flugzeugunglücks, grell beleuchtet von den goldenen Strahlen der Sonne, die gerade wie ein entzündetes Auge hinter den Dächern der Nachbarhäuser unterging.« *Er sieht hoch.* Wenn die Sonne wie ein entzündetes Auge, also rot ist, wie können dann die Sonnenstrahlen golden sein?

PENNY Natürlich nicht. Wie dumm von mir.

LEO Das kommt davon, wenn man die pathetische Unlogik überstrapaziert.

PENNY Was heißt das?

LEO Wenn man die Empfindungen einer Figur metaphorisch in der Außenwelt widerspiegelt.

PENNY Oh.

LEO Wie »grell beleuchtet« und »entzündetes Auge«.

PENNY Aber davon abgesehen ...

LEO Davon abgesehen bleibt nicht mehr viel, oder? Das ganze Kapitel ist durchtränkt von pathetischer Unlogik.

PENNY Sie meinen also, ich soll nicht weiter daran arbeiten?

LEO Ich kann mir nicht vorstellen, daß es besser werden könnte. Sie?

Leo *hält das Manuskript hoch. Pause*

Penny *schnell* Nein, Sie haben sicher recht.

Penny *nimmt* Leo *das Manuskript aus der Hand und rennt beinahe aus der Scheune. Die Tür schlägt hinter ihr zu.* Leo *steht vom Tisch auf und geht zur Tür, als wollte er sie zurückrufen. Dann bleibt er jedoch stehen, zuckt die Achseln und geht zum Tisch zurück. Er macht sich wieder an seine Arbeit und fängt an zu tippen. Die Außentür geht auf,* Maude *kommt herein.*

Maude Penny Sewell ist ja ganz durcheinander. Sie ist eben an mir vorbeigerannt.

Leo *tippt weiter.*

Sind Sie daran schuld?

Leo *seufzt und schiebt seinen Stuhl zurück.*

Leo Sie hat mir eine ehrliche Frage gestellt, und ich habe ihr eine ehrliche Antwort gegeben.
Maude Und wie lautete die Frage?
Leo Ob sie an ihrem Roman weiterarbeiten soll.
Maude Und Sie haben nein gesagt.

Pause

Mein Gott, ich kanns kaum fassen. Und Sie wollen Lehrer sein?
Leo Das kann ich, glaube ich, mit mehr Berechtigung sagen als Sie.
Maude Ein Lehrer soll ermutigen, oder nicht? Er soll das Beste aus den Anlagen seiner Schüler machen.

LEO Ein Lehrer soll die Wahrheit sagen, ob sie nun angenehm ist oder nicht.

MAUDE Auch wenn dadurch eine Begabung im Keim erstickt wird?

LEO Ich möchte die Unbegabung im Keim ersticken. Auf die Dauer ist das barmherziger.

MAUDE Wieso sind Sie so sicher, daß Penny kein Talent hat?

LEO In diesem Kurs hat kein Mensch Talent. *Er blättert den Stapel Manuskripte durch.* Ein Haufen von Amateuren. Das literarische Äquivalent zu Sonntagsmalern.

MAUDE Ja und? Wenn es sie glücklich und zufrieden macht, sich in Worten auszudrücken ...

LEO Schreiben bedeutet nicht allein, sich selbst auszudrücken. Es bedeutet Kommunikation.

MAUDE Aber genau das ist doch der Sinn dieses Seminars. Es soll diesen Menschen ein Publikum bieten – ein kritisches, aber verständnisvolles und hilfreiches Publikum. Hierher kommen Menschen, die möglicherweise seit Jahren geschrieben haben, völlig isoliert, die ihren Roman in einer Schublade versteckt haben, weil sie Angst hatten, ihn ihrem Mann oder ihrer Frau oder Freunden zu zeigen, aus Furcht, ausgelacht und mißverstanden zu werden. Sie kommen hierher, damit man ihre Geschichten *liest.*

LEO Was hier vor sich geht, ist kein richtiges Lesen.

MAUDE Wie meinen Sie das?

LEO Es ist Lesen unter Streß. Und das merken die Studenten. Eigentlich wollen sie von uns nur wissen, wie man gedruckt wird. Aber sie haben nicht die leiseste Chance, daß ihre Sachen je veröffentlicht werden. *Er zeigt auf die Manuskripte.* Und das sollte man ihnen lieber gleich sagen.

MAUDE Da bin ich anderer Meinung.

LEO Wenn wir das nämlich nicht tun, dann wird die kleine Mrs. Penny Sewell noch mehr Frustrationen und Enttäuschungen erleben als bisher – und dazu gehörten, wie ich aus ihrem Roman schließe, eine durch Heirat zu früh abgebrochene Karriere, ein Mann, der nichts von ihr hält, eine Schwiegermutter, die die beiden Kinder verzieht, und eine Abneigung gegen ihre Schlafzimmertapete, die sie in Hetze ausgesucht hat, weil diejenige, die ihr wirklich gefiel, zu teuer war – dann wird sie nämlich außerdem noch mit dem stetigen Strom abgelehnter Manuskripte fertigwerden müssen, die für den Rest ihres Lebens jeden Morgen in von ihr selbst adressierten Rückumschlägen durch ihren Briefkastenschlitz fallen werden.

MAUDE Das ist Pennys Entscheidung. Sie dürfen sich nicht anmaßen, sie ihr abzunehmen.

Pause

LEO Haben Sie sich mit Brigstock unterhalten?

MAUDE Brigstock?

LEO Der militärisch aussehende Mann mit Schnurrbart.

MAUDE Ach, Lionel. Was ist mit ihm?

LEO Haben Sie gewußt, daß er zwölf unveröffentlichte Romane geschrieben hat?

MAUDE Wirklich?

LEO Zwölf. Zwölf ganze Bücher. Ungefähr eine Million Worte. Alles Müll, nach Beispiel Nummer dreizehn zu schließen.

Er zieht einen dicken Aktenordner aus dem Stapel Manuskripte und blättert ein oder zwei Seiten durch.

MAUDE Ich nehme an, er hat versucht, einen Verlag dafür zu finden?

LEO Und ob er das versucht hat! Er hat mir erzählt, daß auf diese Weise zweihundertneununddreißig Absageformbriefe zusammengekommen sind. Er schien auf eine seltsame Art stolz darauf zu sein.

MAUDE *gegen ihren Willen amüsiert und entsetzt* Der arme Lionel. Man sollte ihn ins Guiness-Buch der Rekorde aufnehmen.

LEO Glauben Sie mir, auf andere Weise wird er kaum gedruckt werden. Und haben Sie gewußt, daß dieser Mann frühzeitig mit gekürzter Rente in den Ruhestand gegangen ist, nur um zu schreiben? Für dieses Ziel hat er eine sehr ordentliche Stellung bei einer Versicherung aufgegeben, und das zweifellos nur, weil ihn irgendein »verständnisvoller und hilfreicher« Lehrer in einem Kurs für kreatives Schreiben dazu ermutigt hat.

MAUDE *protestiert* Vielleicht macht es ihn glücklicher, Bücher zu schreiben, auch wenn niemand sie drucken will, als irgendeinen langweiligen Neun-bis-fünf-Uhr-Job zu haben. Er sieht doch sehr fröhlich aus.

LEO Na klar sieht er fröhlich aus. Das ist ja das Mitleiderregende. Er ist wie ein Mann, dem es Spaß macht, mit einem Profiboxer in den Ring zu steigen und sich zusammenschlagen zu lassen. Die Verleger zählen ihn dauernd aus, und er steht immer wieder auf und stellt sich dem nächsten K.-o.-Schlag. »Der Roman hat

Ihnen nicht gefallen? Macht nichts, hier ist noch einer.« Wumm! LEO *tut so, als ob sein Kopf durch einen Kinnhaken nach hinten gerissen wird.* Schon sitzt er wieder auf dem Arsch. Jemand hätte schon vor Jahren das Handtuch für ihn werfen sollen. Wollen Sie Penny zu einer solchen Strafe verurteilen?

MAUDE Sie wollen mir doch wohl nicht erzählen, daß alle Ihre Studenten in Amerika erfolgreiche Schriftsteller werden?

LEO Ein paar von ihnen sind veröffentlicht worden.

MAUDE Aber nur eine Minderheit? Ein winziger Prozentsatz?

LEO Na gut, ja. Aber es gibt einen Unterschied. Mehrere Unterschiede. Erstens, ich nehme sie nur dann auf, wenn sie etwas Talent vorweisen können. Zweitens warne ich sie, wenn sie den Ehrgeiz haben sollten, professionelle Schriftsteller zu werden, dann müssen sie sich auf eine lange und langsame Kreuzigung gefaßt machen. Jahre harter und einsamer Arbeit. Sie erhalten Absagen. Sie können keinen Satz mehr schreiben. Sie müssen zusehen, wie andere Erfolg haben, wo sie versagt haben.

MAUDE Mein Gott, ich bin überrascht, daß Sie überhaupt Studenten haben. Bei Ihnen klingt der Beruf so bitter.

LEO Das stimmt. Ich glaube, Schreiben ist ein bitterer Beruf.

MAUDE Aber es kann doch auch Spaß machen!

LEO Spaß?

MAUDE Ja. Es gibt keine größere Befriedigung als die, einen Satz zu finden, von dem man *weiß*, daß er richtig ist; oder einen Witz, bei dem man sicher ist, daß die Leser darüber lachen werden; oder wenn man aus heiterem Himmel, mitten in einem Satz einen Einfall für eine überraschende Wendung in der Geschichte hat, dann könnte man vor Entzücken schreien. Und dieses herrliche Gefühl, wenn der Stapel beschriebener Seiten wächst und man an dem Punkt anlangt, wo man weiß, man kann das Buch zu Ende schreiben, und gut zu Ende schreiben. Und wenn man es beendet hat, wenn man das letzte Wort schreibt, dann fühlt man sich völlig erschöpft und ausgelaugt, aber zutiefst befriedigt. Es gibt nichts Schöneres als dieses Gefühl. Doch, etwas schon.

LEO Sex?

MAUDE Nein, ein Kind kriegen.

LEO Aha.

Pause. Das Telefon klingelt zweimal, hört dann auf. LEO *und* MAUDE *sehen zum Telefon hinüber.*

MAUDE *mürrisch* Das ist bestimmt wieder Henry.

LEO *dreht die Lautstärke auf.*

HENRYS STIMME ... schrecklich lästig, aber ich kann die Dusche im Badezimmer nicht abdrehen. Wie heißt der Klempner, den wir immer haben, ich meine, ich könnte ja einfach einen in den Gelben Seiten nachschlagen, aber mir wäre der, der sonst immer kommt, lieber, denn ich muß ihn vielleicht hier im Haus allein lassen ...

LEO Wollen Sie mit ihm sprechen?

MAUDE Nein.

LEO *stellt die Lautstärke leise.* MAUDE *nimmt eine Aktentasche und holt einen Klemmbinder heraus.*

Ich muß nochmal den Text durchgehen, den ich heute abend lesen werde.

LEO Ich freue mich darauf.

MAUDE Ich glaube kaum, daß es was für Sie ist.

Blackout

4. Szene. Am Abend desselben Tages.

MAUDE *sitzt auf einem Stuhl mit dem Gesicht zum Publikum (das somit die Studenten darstellt, die im Kreis um sie herum sitzen und ihrer Lesung zuhören). Sie sitzt in einem Spot. Das restliche Bühnenbild ist abgedunkelt oder durch Vorhänge abgeteilt. Neben* MAUDE *steht ein kleiner Tisch und darauf ein Glas Wasser. In der Hand hält sie ein getipptes Manuskript in einem Klemmbinder.*

MAUDE Ich möchte Ihnen etwas aus einem Roman vorlesen, den ich vor kurzem begonnen habe. Zuerst flog mir alles nur so zu, aber dann kam plötzlich nichts mehr. Das war mir vorher noch nie passiert. Es war sehr irritierend. Ich dachte, wenn ich es Ihnen heute abend vorlese, dann löst sich dieser innere Knoten vielleicht.
Ich habe mich noch nicht auf einen Titel festgelegt. Die Hauptperson heißt Marion Brownlow; sie ist Witwe, ungefähr 45 Jahre alt, sieht immer noch recht gut aus, macht aber in mehr als einer Hinsicht einen Wechsel in ihrem Leben durch. Vielleicht nenne ich es überhaupt »Lebenswechsel«. Marions Mann ist vor ein paar Jahren gestorben; bei seinem Tod stellte sich heraus, daß er bankrott war, so daß Marion gezwungen ist, bei ihrer Tochter zu wohnen, die mit einem Oxford-Professor verheiratet ist und ihre Mutter dauernd schikaniert. Im zweiten Kapitel ist Marion bei

Freunden, Vera und Dennis Moreton, zum Abendessen eingeladen. Das heißt, eigentlich ist sie nur zu einem kleinen Umtrunk eingeladen, was sie allerdings erst merkt, als die Gastgeberin ein Tablett mit köstlichen Canapés hereinbringt und Teller und Servietten herumreicht.

MAUDE *trinkt einen Schluck und fängt an zu lesen.*

Zu diesem Zeitpunkt hatte Marion schon zwei Gin Tonic und drei Gläser Entre-Deux-Mers auf nüchternen Magen zu sich genommen. Sie hatte Kopfschmerzen, sah alles doppelt, und ihre Eingeweide grummelten wie verrostete Wasserrohre. Sie häufte sich so viele Canapés auf ihren Teller, wie die Höflichkeit gerade noch erlaubte; aber die fast durchsichtigen Räucherlachsscheiben auf oblatendünnen Schwarzbrotecken, die hauchzarten Pastetchen, die im Mund wie pulvrige Blasen zersprangen, oder die zwei oder drei schwarzen Kaviarkörnchen auf winzigkleinen Hüttenkäsebröckchen reichten kaum aus, um die Wirkung des Alkohols zu neutralisieren oder ihren Hunger zu stillen.
Wenn sie der einzige Gast gewesen wäre, dann hätte sie selbstverständlich ihren Irrtum eingestehen und um ein Omelette bitten können, und dann hätten sie alle zusammen herzhaft gelacht. Aber es waren noch drei Leute da: Dennis' Vorgesetzter im Verlag mit seiner Frau und ein anderer Mann, den sie noch nicht kannte, Hamish Sedley, der bestimmt ihretwegen eingeladen worden war. Er war anscheinend ein alter Freund der Familie, der gerade von einer Anstellung beim British Council in Südamerika zurückgekehrt war. Er schien sehr sympathisch zu sein.

In dieser sorgfältig ausgewählten und raffiniert ausgewogenen Runde traute Marion sich nicht zuzugeben, daß sie am Verhungern war, und um etwas Nahrhaftes zu bitten. Nein, das einzige, was sie tun konnte, war, jedes weitere Glas Wein abzulehnen und sich gut an den Armlehnen ihres Sessels festzuhalten, bis der Kaffee serviert wurde. Unglücklicherweise kam zu allen Symptomen noch hinzu, daß ihr am ganzen Körper der Schweiß ausbrach und ihre Wangen wie Kohlen glühten. Vera sah sie besorgt an.

»Marion, sitzt du zu nahe am Kamin?« fragte sie. »Möchtest du den Platz mit mir tauschen?«

»O nein«, sagte Marion in der Gewißheit, daß ein solches Manöver über ihre Kräfte gehen würde. Sie fügte unbekümmert hinzu: »Ich hab bloß die fliegende Hitze.«

In Veras Gesicht sah sie die Wirkung ihrer allzu offenherzigen Bemerkung, empfand aber in ihrem leichten Alkoholschwindel keinerlei Scham oder Bedauern. »Ich bin nun mal leider in dem Alter«, sagte sie trotzig. Und dann kichernd: »Wenn ich in letzter Zeit den Hund ausführen mußte und es so kalt war, habe ich immer gewartet, bis die fliegende Hitze kam. Sehr praktische Einrichtung – wie eine tragbare Zentralheizung.«

Eine schockierte Stille breitete sich aus, die nach ein paar Sekunden von einem satten, beifälligen Glucksen gebrochen wurde. Hamish Sedley –

JEREMY *off* Entschuldige, Maude!

MAUDE *hört erschrocken auf zu lesen und sieht*

von ihrem Manuskript hoch. JEREMY *kommt auf die Bühne. Er hat* PENNYS *Hut in der Hand.*

Es tut mir sehr leid, daß ich deine Lesung unterbrechen muß, Maude, aber es handelt sich um einen Notfall. *Er wendet sich an das Publikum und hält den Hut hoch.* Hat irgend jemand Penny Sewell gesehen?

Blackout

5. Szene. Am selben Abend.

Die Scheune. Draußen ist es dunkel, im Inneren brennt kein Licht. Die Außentür wird geöffnet, LEO *kommt herein. Er knipst das Licht an, das auf die schlafende* PENNY *auf dem Sofa fällt.* LEO *erstarrt kurz vor Überraschung, geht dann schnell zum Sofa. Er beugt sich über* PENNY. *Sie bewegt sich etwas.*

LEO Hallo, blondes Schneewittchen.

> LEO *schüttelt sie sanft.* PENNY *öffnet die Augen, gibt einen überraschten Laut von sich und setzt sich auf.*

Wer hat auf meiner Couch geschlafen?

PENNY Oh, entschuldigen Sie. Sie finden es sicher unverschämt, daß ich hier so einfach eingedrungen bin, aber ich mußte Sie unbedingt sehen. *Sie gähnt.* Ich bin wohl eingeschlafen.

LEO Alle haben gefragt, wo Sie stecken.

PENNY Ich hatte keine Lust zum Abendessen.

LEO Oder zu Maudes Lesung?

PENNY Ich hatte irgendwie Angst davor. Sie ist so klug – ich wußte, es würde mich nur noch mehr deprimieren. Ist die Lesung vorbei?

LEO Nehme ich an.

PENNY War es toll?

LEO *zuckt die Achseln* Wenn man so was mag. Sittenkomödie plus Romanze plus einen Hauch Gynäkologie. Warum sind Sie denn so deprimiert?

PENNY Was glauben Sie denn?

Pause

LEO Ich kann das, was ich gesagt habe, nicht zurücknehmen, bloß damit es Ihnen besser geht.

PENNY Ich werde Sie auch nicht darum bitten. Ich möchte, daß Sie mir sagen, wie man besser *schreibt.*

LEO Oh.

PENNY Sie haben mir gestern gesagt, was ich falsch gemacht habe. Das habe ich, glaube ich, verstanden. Jetzt möchte ich wissen, wie man es richtig macht.

LEO *langsam* Sie möchten, daß ich Ihnen sage, wie man literarische Werke von bleibendem Wert produziert?

PENNY Ja bitte.

LEO *schüttelt den Kopf.*

Ich weiß, daß das nicht einfach ist.

LEO Darauf können Sie einen – können Sie Gift nehmen.

PENNY Aber Sie sind doch Lehrer für kreatives Schreiben.

LEO Ich biete Kritik an. Was meine Studenten damit anfangen, ist ihre Sache.

PENNY Aber Sie haben doch bestimmt ein paar Ratschläge, Hinweise, Tips.

LEO *sieht sie schnell an.*

LEO Möchten Sie was trinken?

PENNY Nein danke.

LEO *geht zur Spüle und schenkt sich einen Scotch ein.*

LEO Also gut. Ich werde Ihnen sagen, wie man schreibt. Ich werde Ihnen die Zauberformel verraten.

PENNY *setzt sich erwartungsvoll auf. Sie holt ein kleines Notizbuch und einen Bleistift aus ihrer Handtasche.* LEO *trinkt langsam einen Schluck.*

Wiederholung und Abwechslung.

PENNY Was?

LEO Es geht nur darum, das Gleichgewicht zwischen Wiederholung und Abwechslung zu halten.

PENNY Entschuldigen Sie, aber das verstehe ich nicht.

LEO Stellen Sie sich einen Text vor, der nur aus Wiederholungen besteht, nur aus einem Wort, das endlos wiederholt wird. *Liebe, Liebe, Liebe, Liebe, Liebe, Liebe, Liebe, Liebe, Liebe, Liebe, Liebe, Liebe, Liebe, Liebe* undsoweiter auf zweihundertfünfzig Seiten.

PENNY *lacht.*

Oder: *Depression, Depression, Depression, Depression, Depression, Depression, Depression, Depression, Depression, Depression, Depression ...*

PENNY Hören Sie auf! Das ist unerträglich.

LEO Genau. Samuel Beckett ist dem in seinen späten Werken schon ziemlich nahe gekommen, aber selbst er kommt nicht *nur* mit Wiederholungen aus. Es muß auch Abwechslung geben. Aber stellen Sie sich einen Text vor, der nur aus Abwechslung besteht. Einen Text, der kein Wort zweimal verwendet, einen Text, der in jedem Satz eine neue Person, ein neues Thema, einen neuen Handlungsfaden aufführt. Zum Beispiel ... *Er trinkt und überlegt.* ›Jake war ein hartgesottener Cowboy ... Sie fuhr jeden Sommer Wasserski ...

Wenn ich nur daran gedacht hätte zu tanken, bevor ich versucht habe, die Bank ausrauben, sagte sich die Lilliputanerin.‹ Ähm …

PENNY Sie haben zweimal »ich« gesagt.

LEO Stimmt.

PENNY Und zweimal »die«.

LEO Stimmt. Ist aber schwer zu vermeiden. Man kann keinen Text schreiben, der nur Abwechslung ist, genausowenig wie einen, der nur aus Wiederholungen besteht. Sie sehen also, das ganze Geheimnis liegt darin zu wissen, wann man sich wiederholt und wann man wechselt.

PENNY Und woher weiß man das?

LEO *zuckt die Achseln* Keine Ahnung. Das ist das Geheimnis.

PENNY *enttäuscht* Sie machen sich über mich lustig.

LEO Nein, tue ich nicht. Es ist etwas Unverdientes, wie die Gnade … Ich werde Ihnen ein Beispiel nennen. Im Winter 1981 bin ich nach Polen gefahren, kurz bevor die Armee die Macht übernahm und Solidarnosc verboten wurde. Es gab schreckliche Engpässe bei Nahrungsmitteln und ganz normalen Dingen, die für uns selbstverständlich sind, wie Batterien, Glühlampen oder Seife. Als ich wieder zu Hause war, begann mich eine Geschichte zu verfolgen, die Geschichte eines Mannes, der mit einem Koffer voll Seife nach Polen fährt, die er als Zahlungsmittel benutzen will, um sich Dienstleistungen und Gefälligkeiten, vor allem auf sexuellem Gebiet, zu verschaffen. Er benutzt die Seife, um damit Prostituierte zu bezahlen. Er treibt perverse Dinge mit ihnen – mit der Seife. Ich fing an, die Geschichte zu schreiben, aber ich verstand nicht, worum es eigentlich ging, oder wie die Geschichte ausgehen sollte. Es war alles Seife und Sex – seifiger Sex. Ich brach die Geschichte ab, legte sie weg und vergaß sie völlig. Vor ein paar Wochen habe ich sie wieder rausgeholt und nochmal durchgelesen, und da ging mir plötzlich auf, warum dieser Mann so verrückte Sachen machte. Das heißt, warum ich mir das alles ausgedacht hatte. Er ist Jude, verstehen Sie, wie ich. Meine Familie kommt ursprünglich aus Polen. In dem Teil der Welt werden die Juden seit Jahrhunderten verfolgt. Russen, Deutsche, Polen – Antisemitismus ist so ziemlich das einzige, was sie gemeinsam haben. Meine Hauptfigur versucht sich nun mit Hilfe der Seife, dadurch, daß er die polnischen Schicksen mit der Seife demütigt, zu rächen, er fordert Wiedergutmachung. Seine Verwandten sind wahrscheinlich vergast worden in diesen angeblichen Duschen, und ihre Leichen wurden gekocht, um daraus Seife zu machen. Sobald ich das erkannt hatte, wußte ich, daß die Geschichte damit enden würde, daß der Mann Auschwitz besucht und erkennt, was er tut und was dadurch mit ihm geschieht. Verstehen Sie, Seife war eine Art Witz geworden, schwarzer Humor. Das ist die Verknüpfung von Wiederholung und Abwechslung. Zack!

PENNY Mein Gott!

LEO *grinst* Gehe hin und tue desgleichen!

PENNY Aber worüber soll ich schreiben?

LEO Das kann ich Ihnen nicht sagen. Schreiben Sie Ihren Roman um.

PENNY Sie haben doch gesagt, es lohnt sich nicht, daran weiterzuarbeiten.

LEO So schlecht war er nicht. Es gab gewisse Momente.

Aber es war zuviel Abwechslung. Es reimte sich nicht – verstehen Sie, was ich meine?

PENNY Was für Momente?

LEO *überlegt* Das Bild von dem Kinderspielzeug, das im Garten verstreut war wie die Überbleibsel eines Unfalls. Das war beeindruckend. Ich weiß zwar nicht, was es in der Geschichte zu suchen hatte, aber in sich war es beeindruckend ...

PENNY schreibt sich etwas auf. LEO versucht das Thema zu wechseln.

LEO Wie alt sind Ihre Kinder?

PENNY Ich habe keine.

LEO *überrascht* Sie haben keine Kinder?

PENNY Nein. Graham und ich haben es jahrelang versucht, aber ich hatte dauernd Fehlgeburten.

LEO Das ist hart ... Warum schreiben Sie nicht darüber?

PENNY O nein.

LEO Wieso nicht? Daher kommt schließlich Ihr Bild von dem Spielzeug.

PENNY Ja?

LEO Es ist ein Sinnbild für einen Verlust, für einen Mangel.

PENNY Ich könnte nicht darüber schreiben. Es ist zu privat. Das würde Graham nicht gefallen. Und Mutter würde Zustände kriegen.

LEO Ihre Schwiegermutter?

PENNY Nein, meine Mutter. Grahams Eltern sind gestorben.

LEO Sie haben keine Schwiegermutter?

PENNY Nein.

LEO Arbeiten Sie?

PENNY Ja, ich bin Grundschullehrerin.

Pause, während LEO *diese Informationen verdaut.*

PENNY Und was würde meine Direktorin dazu sagen?

LEO Hören Sie, wenn Sie sich Sorgen darüber machen, was andere Leute denken, dann können Sie gleich die Idee aufgeben, Schriftstellerin zu werden.

PENNY Aber angenommen, es wird gedruckt. Was würden die Leute denken?

LEO Das, was sie immer denken, wenn sie den Autor persönlich kennen. Daß die Geschichte rein autobiographisch ist. Damit müssen Sie sich einfach abfinden. Und denken Sie immer daran, daß Sie nicht für Ihre Familie schreiben oder für Ihre Freunde oder für Ihre Arbeitgeber, sondern für Leser – Menschen, für die Sie bloß ein Name auf einem Buchrücken sind.

Die Außentür wird geöffnet, MAUDE *kommt herein. Einer ihrer Schuhe und ihr Rocksaum sind naß. Sie bleibt überrascht stehen, als sie* PENNY *sieht.*

MAUDE *zu Penny* Oh! Sie sind also wieder aufgetaucht? Alles in Ordnung?

PENNY Absolut. Vielen Dank. Aber Sie sind ja ganz naß.

MAUDE Ja.

PENNY Es tut mir leid, daß ich Ihre Lesung verpaßt habe.

MAUDE Sie haben Sie nicht bloß verpaßt, meine Liebe, Sie haben sie auch verpatzt. *Sie setzt sich und zieht ihren nassen Schuh aus.* Wo sind Sie gewesen?

PENNY Hier.

MAUDE Leo hat Sie hier gefunden?

PENNY *nickt.*

Zu LEO Und Sie sind nicht auf die Idee gekommen, Mrs. Sewell zu erzählen, daß wir alle den Fluß nach ihr abgesucht haben?

PENNY *sieht von einem zum anderen* Was?

LEO Ist mir leider völlig entfallen.

PENNY Wieso den Fluß?

LEO Irgend jemand hat Ihren Hut am Ufer gefunden. Es bestand die Befürchtung, Sie hätten versucht, sich zu ertränken, weil ich mich heute nachmittag unfreundlich über Ihre Metaphorik geäußert habe.

PENNY Das ist doch absurd!

LEO Hab ich ja auch gesagt.

PENNY Ich bin heute nachmittag am Fluß spazieren gegangen. Da muß ich wohl meinen Hut vergessen haben.

MAUDE Tja, dann sollten Sie jetzt vielleicht lieber den Suchtrupp zurückpfeifen. Ich habe aufgegeben, als ich selber beinahe ins Wasser gefallen wäre.

PENNY O je. Das tut mir aber schrecklich leid.

LEO Es war meine Schuld, Maude. Wir sind ins Reden gekommen.

PENNY *steckt ihr Notizbuch in ihre Handtasche und will gehen.* MAUDE *wischt den Matsch von ihrem Schuh.*

PENNY *zu* LEO Ich muß jetzt gehen. Vielen Dank für die Ratschläge. Es war faszinierend.

LEO Schon gut. *Er begleitet sie zur Tür.* Sagen Sie mal, was für eine Tapete haben Sie in Ihrem Schlafzimmer?

PENNY *verblüfft* Hier?

LEO Nein, zu Hause.

PENNY Wir haben überhaupt keine Tapete. Alle Wände sind weiß.

LEO Wissen Sie was, Penny, ich glaube, aus Ihnen kann doch noch eine Schriftstellerin werden. Ich hatte wirklich an diese Tapete geglaubt.

PENNY *lächelt und geht hinaus.* MAUDE *beobachtet den Abschied zwischen* PENNY *und* LEO *mit einem unfreundlichen, vielleicht sogar eifersüchtigen Ausdruck. Als* LEO *die Tür hinter* PENNY *schließt, dreht* MAUDE *ihm den Rücken zu.*

Maude! Es tut mir leid!

MAUDE *kühl* Ich hoffe, ich habe nicht gestört.

LEO Was soll das denn heißen?

MAUDE Ich habe nur darüber nachgedacht, wieso Sie sich plötzlich zum charismatischen Lehrer entwickelt haben, nachdem Sie die Studenten zwei Tage mit gelangweilter Gleichgültigkeit behandelt haben. Der Grund könnte vielleicht sein, daß Sie was für den großäugigen, unschuldigen Typ Frau übrig haben.

LEO Machen Sie sich nicht lächerlich. Ich hole Ihnen was zu trinken.

MAUDE Nein danke. Ich gehe jetzt ins Bett.

MAUDE *geht zur Treppe und steigt langsam die Stufen hinauf.*

LEO Es tut mir leid wegen Ihrer Lesung. Es hat mir wirklich gefallen.

MAUDE Haben Sie deswegen dauernd gegähnt?

LEO Es war sehr heiß dadrin. Sie können ein andermal lesen. Morgen – bevor ich lese. Ich werde mit Jeremy darüber sprechen.

MAUDE Machen Sie bloß keine Umstände.

MAUDE *geht in ihr Schlafzimmer und schließt die Tür. Das Telefon klingelt zweimal und hört dann auf.*

LEO *ruft nach oben* Scheint Henrys täglicher Anruf zu sein, Maude.

LEO *geht zum Telefon und dreht die Lautstärke auf.*

HENRY STIMME ... eine weiße Schaumwolke hinten aus dem Geschirrspüler – ist das normal? Ich wußte nicht genau, wieviel Waschpulver ich nehmen sollte, und dann hab ich das kleine Wännchen nicht zugekriegt, ob es daran liegt? ... Ich wollte nur wissen, ob noch Garantie drauf ist, ich weiß nicht mehr, wann wir ihn gekauft haben ...

LEO *sieht zu* MAUDES *Tür hoch.*

LEO *ruft* Ja, es ist Henry. Wollen Sie mit ihm sprechen? *Zum Telefon* Tut mir leid, Henry, sie ist stinksauer. Sie will mit keinem von uns beiden reden.

LEO *dreht den Ton ab.*
Blackout.

6. Szene. Am nächsten Abend.

LEO *sitzt in einem Spot mit dem Gesicht zum Publikum, genauso wie* MAUDE *in der 4. Szene. Er hat ein gelbes Ringbuch mit einem getippten Manuskript in der Hand.*

LEO Dies ist eine Kurzgeschichte, die ich vor einigen Jahren angefangen, aber erst neulich zu Ende geschrieben habe. Sie heißt: »Seife.« *Er räuspert sich.* »Seife.« *Er liest.* Irving Zimmerman kam mit zwei mittelgroßen Koffern in Warschau an. Ein Koffer enthielt seine Kleider und Notizen für seine Vorträge. Der andere war voller Seife. Toilettenseife. Palmolive, Lux, Camay – das amerikanische Drogeriesortiment; dazu ein paar importierte Seifen aus England und Frankreich – Pears, Imperial Leather, Roger et Galet, Chanel, und speziell handgefertigte Gästeseifen in Form von Obst: Äpfel, Zitronen, Bananen; außerdem Seifen aus Öko-Läden mit makrobiotischen Weizenkeimen, Mandelöl und Kokosmilch. Der Zollbeamte nieste beim Einatmen der starken Parfümwolke, die ihm aus dem Koffer entgegenschlug, als Zimmerman den Deckel öffnete.
»Warum haben Sie die mitgebracht?« fragte der Zollbeamte und zeigte auf die Seife.
»Geschenke«, sagte Zimmerman.
»Aus welchem Grund kommen Sie nach Polen?«
»Um Vorträge über amerikanische Literatur zu halten«, sagte Zimmerman. »Im Auftrag des Kulturaustauschdienstes der Vereinigten Staaten.«

Der Zollbeamte war hinreichend beeindruckt und winkte ihn durch. Zimmerman steckte ihm ein Stück Oil of Olaz zu. »Für Ihre Frau«, sagte er.
Zimmerman hatte von dem Beamten des Austauschdienstes, der ihn vor seiner Reise in Chicago auf seinen Polenaufenthalt vorbereitet hatte, eine Liste von Waren bekommen, die er mitnehmen sollte, weil sie in Polen bestimmt nicht erhältlich wären: Taschenlampenbatterien, Zahnpasta, Kaffee und Seife. »Kaffee und Toilettenseife wären geeignete Geschenke«, hatte er hinzugefügt. Auch gute Tauschobjekte, dachte Zimmerman. Deswegen hatte er Seife eingekauft.
An diesem ersten Abend in Warschau besuchte Zimmerman eine Cocktailparty in der Wohnung des amerikanischen Kulturattachés. Er hatte sich in jede Anzugtasche ein Stück Pink Camay gestopft. Eins davon offerierte er einer molligen blonden Diplomlandwirtin aus Lublin. Sie sah etwas verblüfft aus, ließ die Seife aber dann geschickt in ihre Handtasche gleiten und belohnte ihn beim Abschied mit einem schmatzenden Kuß. Er stellte sich vor, wie sie nach Hause eilte, um mit seiner Seife ein Bad zu nehmen, und fand den Gedanken erregend.
Der Attaché lud Zimmerman zum Abendessen ein und lieferte ihn dann im Hotel Europejski ab, einem verblaßten Monument des bürgerlichen Luxus der Vorkriegszeit. In der mit Marmor ausgelegten und im Art-Deco-Stil eingerichteten Hotelhalle saßen unter Topfpalmen Frauen mit Hut alleine herum und hatten die Beine verlockend übereinandergeschlagen. Eine von ihnen näherte sich Zimmerman keck, als er an der Rezeption seinen Schlüssel abholte, und gab vor, ihn zu

kennen. »Hallo«, sagte sie auf Englisch und hängte sich bei ihm ein.
»Wieviel Zloty?« fragte Zimmerman.
»Zloty nicht gut«, sagte das Mädchen. »Zwanzig Dollar.«
»Wieviel Stück Seife?«
Sie einigten sich auf drei. Oben in seinem Zimmer setzte sie ihren Hut ab, zog sich fast ganz aus und legte sich dann auf das Bett.
»Komm, wir gehen erstmal zusammen unter die Dusche«, sagte Zimmerman. Er holte ein zitronenförmiges Stück Seife aus seinem Koffer. »Keine Angst«, sagte er und schwenkte die Seife in seiner Hand. »Die zählt bei den drei Stück nicht mit. Vielleicht gebe ich sie dir sogar noch dazu.« Er hatte sich das vorher ausgedacht. Das Mädchen kicherte und ging bereitwillig ins Badezimmer.
Ausgezogen und im parfümierten Dampf der Dusche wirkte sie sehr rosa und picklig und übergewichtig. Er seifte sie überall ein und merkte, wie ihre Brustwarzen unter seinen schlüpfrigen Fingern zum Leben erwachten. Sie stöhnte vor ungeheuchelter Lust, als er ihre kaum behaarte Möse einseifte. Sie zappelte auf seinem Zeigefinger wie –

> LEO *sieht hoch, als wäre er durch Unruhe im Publikum gestört worden. Er tut so, als ob er hinter jemandem hersieht, der aufsteht und hinausgeht. Im Rücken des Publikums wird eine Tür zugeschlagen. Nach einer kurzen Pause liest er weiter.*

Sie zappelte auf seinem Zeigefinger wie ein Fisch an der Angel. Dann lehnte er sie über den Rand der Badewanne und fickte sie mit der Seife in den Hintern. Sie kreischte, als er die Seife in sie hineinrammte. Zimmerman hatte so etwas noch nie getan. Er war ungeheuer erregt. Wie im Rausch. Dann –

> LEO *bricht wieder ab und tut so, als ob er hinter einer oder mehreren Personen hinterhersieht, die hinausgehen. Wieder wird eine Tür zugeschlagen.*

Möchte noch jemand rausgehen?

> *Das möchten anscheinend einige. Die Tür wird noch ein- oder zweimal zugeschlagen.* LEO *überlegt, seufzt, schließt sein Ringbuch und geht mit angewidertem Ausdruck von der Bühne.*
> *Blackout*

7. Szene. Am selben Abend, einige Minuten später.

Die Scheune. LEO *sitzt oder liegt schmollend auf seinem Bett.* JEREMY *spricht durch die offene Schlafzimmertür mit ihm.* MAUDE *sitzt im Sessel und hört ziemlich unbeteiligt zu. Sie trinkt langsam ein Glas Weißwein – die geöffnete Flasche steht auf der Spüle.*

JEREMY Es waren bloß ein paar ältere Leute ... Die anderen sind ganz versessen darauf, den Rest der Geschichte zu hören.

LEO Kommt nicht in Frage.

JEREMY Maude! Nun hilf mir doch, Leo zu überreden, daß er wieder reingeht.

MAUDE Hältst du das für eine gute Idee?

LEO *kommt wütend zur Tür seines Zimmers.*

LEO *zu* MAUDE Sie fanden es also in Ordnung, daß die Leute rausgegangen sind, ja?

MAUDE Selbstverständlich nicht. Aber ich habe mich trotzdem gefragt, ob sich diese Geschichte dazu eignet, laut vor einem Publikum gelesen zu werden, in dem sich eine pensionierte Schuldirektorin aus Turnbridge Wells und ein Bankdirektor mit Ehefrau aus Solihull befinden ... Ein paar von unseren Studenten haben ein ziemlich behütetes Leben geführt, verstehen Sie, Leo.

LEO Das können Sie laut sagen.

MAUDE Analer Seifensex mit Prostituierten ist für Sie

vielleicht eine Seite aus dem vollen Buch des Lebens, aber für den englischen Durchschnittsbürger... Selbst wenn es solche Dinge gibt, möchte er lieber nichts darüber hören.

LEO Völlig richtig! Und genau daran haperts beim englischen Roman. Er ist für durchschnittlich verdienende, durchschnittlich intelligente Leute durchschnittlichen Alters geschrieben. Er zieht einen Vorhang vor die Wirklichkeit und flüchtet sich in ein gemütliches Wohnzimmer, wo der Gipfel an Spannung dann erreicht ist, wenn eine Witwe in den Wechseljahren ein Glas über den Durst trinkt.

Pause. JEREMY *sieht nervös von* LEO *zu* MAUDE. MAUDE *hält* JEREMY *ihr leeres Glas hin.*

MAUDE Kann ich noch ein Glas haben, Jeremy?

JEREMY *holt die Weinflasche und gießt* MAUDE *nach. Dann läßt er die Flasche auf dem kleinen Tisch stehen.*

Danke.

JEREMY Ich gehe lieber rüber und sage Bescheid, daß die Lesung vorbei ist.

Stille, während JEREMY *geht und die Tür hinter sich schließt.*

MAUDE Hoffentlich fangen Sie jetzt nicht an zu schmollen. Von den Studenten erwarten wir doch auch, daß sie Kritik akzeptieren.

LEO Das war keine Kritik, das war ein Kniereflex von verängstigten kleinen Gemütern.

MAUDE Also gut, dann hören Sie sich wenigstens meine

Kritik an. Ich will versuchen, zu beschreiben, was diesen Reflex ausgelöst haben könnte. Es war nicht bloß der Sex, sondern der Sexismus.

LEO *stöhnt* Bitte nicht!

MAUDE O doch! Wissen Sie, es sind nicht nur die Alten und Gebrechlichen rausgelaufen. Auch ein paar junge Frauen.

LEO *mit einem Anflug von Besorgnis* Penny auch?

MAUDE Nein, Penny nicht.

LEO Hören Sie, mir hängt diese feministische Kritik allmählich zum Hals raus. Seit zwanzig Jahren treten mich sämtliche Feministinnen Amerikas in den Arsch. Über diesen Aspekt können Sie mir nichts erzählen, was ich nicht schon gehört hätte.

MAUDE Warum machen Sie dann weiter?

LEO Was?

MAUDE Frauen in Ihren Romanen zu beschimpfen und zu demütigen. »Etwas in sie hineinrammen. Sie zum Kreischen bringen.«

LEO Das hat doch nur meine Hauptperson getan.

MAUDE Ich dachte, alles, was man schreibt, kommt letzten Endes aus einem selbst.

Pause

LEO Also gut, ich gebe zu, daß mich Sex als Machtkampf interessiert, als Kampf um Herrschaft, mit einem Kern von Gewalttätigkeit – Gewalttätigkeit und Zärtlichkeit seltsam ineinander verschlungen. Vielleicht ist das eine der Energiequellen meiner Phantasie, wie der Kern eines Atomreaktors, der weißglühend, doch selber inaktiv ist, aber eine Quelle ungeheurer Energie wird, wenn er kontrolliert, gekühlt wird. Genau das bedeutet

Stil für mich. Ein Kühlmittel. Deswegen schreibe ich und schreibe um und schreibe um.

MAUDE »Seife« kam mir nicht besonders kühl vor.

LEO Man kann eine Geschichte nicht nach einem Ausschnitt beurteilen.

MAUDE Sie meinen, Zimmerman wird am Ende ein besserer Mensch?

LEO Ja, er lernt eine radikale Feministin kennen und gelangt zu der Überzeugung, daß er sich die Eier abschneiden sollte.

MAUDE Ich vermute, er besucht ein Vernichtungslager, Auschwitz oder ein anderes, und hat eine geistige Eingebung.

LEO *dreht sich verblüfft um und sieht* MAUDE *an.*

LEO Woher wußten Sie das?

MAUDE Sie meinen, ich habe richtig geraten?

LEO Woher?

MAUDE Och, dazu braucht man kein Hellseher zu sein. Polen – Juden – Seife ...

LEO *klammert sich an einen Strohhalm* Penny hat es Ihnen erzählt!

MAUDE *ehrlich verblüfft* Penny? Woher sollte sie das wissen? Oh! Sie haben ihr wohl gestern abend den Schluß anvertraut?

LEO *geht, offensichtlich erschüttert, in sein Zimmer, holt sein gelbes Ringbuch und blättert seine Geschichte durch.*

Sie hat heute den ganzen Tag rumgeplappert, was für eine inspirierende Lektion sie hatte. So nennt sie es – ihre

»Lektion«. Als ob sie wieder in der Schule wäre. Diese junge Frau ist im Grunde sehr unreif, finden Sie nicht?

MAUDE *gießt sich unbekümmert noch etwas zu trinken ein. Sie ist ein kleines bißchen angetrunken.* LEO *blättert weiter in seinem Manuskript.*

LEO Penny ist ganz in Ordnung. Ich habe versucht, sie zu entmutigen, aber sie ist wiedergekommen, um zu kämpfen. Davor habe ich Respekt.

LEO *setzt sich an den Tisch und holt einen Bleistift aus der Tasche. Er fängt an, seine Geschichte durchzulesen und Korrekturen zu machen.*

MAUDE Wissen Sie, Ihr Stil trieft von Kampfmetaphern.
LEO *beschäftigt* Ach ja?

Pause

MAUDE Was machen Sie da? Schreiben Sie Ihre Geschichte um?
LEO Bloß ein paar Änderungen.
MAUDE Was für Änderungen?
LEO Ich glaube, es muß saftiger werden.

MAUDE *lacht.*

MAUDE Als Sie die Passage über Mr. Zimmerman und seine Partnerin für eine Nacht vorgelesen haben, mußte ich an eine Szene in einem meiner Romane denken. »Feine Linien«. Haben Sie den zufällig gelesen?
LEO Nein, ich glaube nicht.
MAUDE Die Heldin, Anna, entdeckt, daß ihr Mann eine Affäre mit ihrer besten Freundin hat. Sie verabredet

sich daraufhin im Park mit dem Ehemann dieser besten Freundin, um die Angelegenheit zu besprechen. Es gießt in Strömen, und die beiden werden bis auf die Haut naß. Da der Park in der Nähe von Annas Wohnung ist, bietet sie Robin – so heißt der Mann ihrer besten Freundin – an, zu ihr zu kommen, um wieder trocken zu werden. Beide zittern vor Kälte und Nässe, also trinken sie erst mal einen anständigen Brandy. Dann beschließen sie, ein heißes Bad zu nehmen, damit sie keine Erkältung kriegen. Aber es gibt nur ein Badezimmer im Haus. Also, um es kurz zu machen, sie baden schließlich zusammen. Sie schrubbt ihm den Rücken, und er ihr. Sie spielen mit den Badespielsachen der Kinder. Sie waschen sich gegenseitig die Haare und bespritzen sich mit der Dusche. Sie amüsieren sich köstlich. Es ist wie eine Rückkehr in die Kindheit. Sie rubbeln sich gegenseitig mit den Badehandtüchern ab. Dann ziehen sie sich an, und Robin geht weg. Sie haben nicht miteinander geschlafen oder sonstwas. Und trotzdem war es für beide so, als ob sie miteinander geschlafen hätten.

LEO Hatte Robin eine Erektion?

MAUDE Weiß ich nicht. Davon habe ich nichts geschrieben.

LEO Wenn er keine Erektion hatte, dann war er entweder schwul oder impotent.

MAUDE Er war keins von beidem.

LEO Dann hätten sie miteinander geschlafen. An Ihrer Geschichte ist etwas faul. Sie haben sie mit geschlossenen Augen geschrieben.

Pause. MAUDE *beschließt, nicht beleidigt zu sein.*

MAUDE Es ist doch interessant, daß Passagen über Sex in Büchern von Männern immer so schrecklich klinische Details über die Geschlechtsteile enthalten – wie sie aussehen, und welcher Teil wo rein paßt. Bei uns dagegen bleiben diese Äußerlichkeiten ziemlich vage. Der Akzent liegt mehr auf der Empfindung und dem Gefühl.

LEO Meiner Erfahrung nach glauben die meisten Frauen, ihre Fotze wäre nicht schön.

Pause. MAUDE *ist über diese Behauptung schokkiert und erschrocken.*

Deswegen machen sie die Augen zu, wenn sie über Sex schreiben.

MAUDE Ach? Na, dann wissen wir ja endlich Bescheid.

Pause. MAUDE *schenkt sich noch ein Glas Wein ein.* LEO *korrigiert weiter in seinem Manuskript.*

Haben Sie schon mal eine Prostituierte – wie nennt man das? – aufgesucht?

LEO *sieht hoch* Warum fragen Sie?

MAUDE Es geht mich selbstverständlich nichts an.

LEO So ist es.

MAUDE Ich bin bloß neugierig. Die ganze Transaktion ist so unvorstellbar.

LEO Ich würde meinen, sie ist ziemlich simpel.

LEO *arbeitet weiter an seinem Manuskript.*

MAUDE Aber es ist doch das Intimste, was man mit einem anderen Menschen tun kann, oder? Sich ausziehen, sich nebeneinanderlegen, Fleisch an Fleisch. Es muß merkwürdig sein, so was mit einem völlig fremden

Menschen zu machen, den man von der Straße aufgelesen hat.

LEO Das Mädchen tut es, weil es Geld will, und der Mann, weil er ficken will. Viele Ehen basieren auf demselben Prinzip.

MAUDE Aber wie ist es vorher, ich meine, wenn man mit einer Prostituierten zusammen ist? Keine zärtlichen Worte? Kein liebevolles Streicheln?

LEO Aber ja doch. Dafür zahlt man allerdings extra. *Er sieht hoch.* Habe ich gehört.

LEO *stellt seinen Computer wieder ein.*

MAUDE Arbeiten Sie noch lange?

LEO Vielleicht. Kommt drauf an, wie es läuft.

MAUDE Na, dann will ich Sie nicht länger ablenken. *Sie trinkt ihr Glas aus und steht etwas wacklig auf.* Ich frage mich, ob sie es immer *nur* wegen Geld tun.

LEO *geistesabwesend* Was?

MAUDE *nachdenklich* Prostituierte. Ich frage mich, ob sie es nicht manchmal ... genießen.

Der beschäftigte LEO *antwortet nicht. Er drückt ungeduldig auf die Tasten.*

LEO Na los, komm schon. Stell dich nicht an.

MAUDE Also dann, gute Nacht.

LEO Gute Nacht.

MAUDE *geht die Treppe hoch und in ihr Schlafzimmer, zieht sich aus und ihren Morgenmantel an. Dann kommt sie mit ihrem Toilettenbeutel wieder nach unten. In der Zwischenzeit zieht* LEO *sein Jackett aus und fängt an, sein Manuskript zu kor-*

rigieren. MAUDE *geht ins Badezimmer und läßt die Tür angelehnt. Die Dusche wird angestellt – zuerst hört man es nur schwach, dann lauter. Das Geräusch übertönt* LEOS *Tippen.* LEO *ist kurz abgelenkt, sieht hoch, arbeitet dann weiter. Durch die Badezimmertür kommen Dampfschwaden.* LEO *dreht sich langsam um und sieht zum Badezimmer hinüber. Er steht auf und geht zögernd zur Badezimmertür. Ihm geht die Bedeutung der offenen Tür auf. Er dankt dem Himmel mit einer Geste des Frohlockens und geht zum Badezimmer. Als er an der Tür ist, klingelt das Telefon zweimal.* LEO *bleibt stehen, sieht zum Telefon hinüber, zuckt die Achseln und geht ins Badezimmer. Die Türöffnung ist erfüllt von einem diffusen, dampfigen Licht.*
Vorhang

II. AKT

1. Szene. Am nächsten Nachmittag.

Die Scheune. Simon *steht neben dem Schreibtisch, liest* Leos *Geschichte in dem gelben Ringbinder und blättert dabei schnell die Seiten um. Eine kleine italienische Reisetasche aus weichem Leder liegt zu seinen Füßen auf dem Boden.* Simon *ist Anfang dreißig, ganz in lockere, modisch schwarze Baumwollkleidung gekleidet, sein Haarschnitt ist teuer gestylt. Er sieht auf mephistophelische Weise gut aus. Beim Lesen nimmt er ab und zu einen Schluck aus einem Glas Whisky, das neben ihm auf dem Tisch steht. Das Telefon läutet – nur zweimal.* Simon *findet das Telefon und dreht die Lautstärke auf.*

Henrys Stimme ... sicher schrecklich lästig, Maude, aber es sieht so aus, als ob Suki schwanger wäre. Ich habe keine Ahnung, wer der Vater sein könnte, du? Aber, ähm, mach dir keine Sorgen. Wir haben alles im Griff. Wiedersehen.

Am Ende der Nachricht erfolgt ein elektronischer Piep-Ton. Simon *hebt eine Augenbraue, zuckt die Achseln, stellt die Lautstärke leise und liest weiter. Nach ein paar Minuten sieht er hoch und zur Tür, als ob er etwas gehört hätte. Er legt das Ringbuch auf den Tisch, nimmt seine Reisetasche und schlendert zur anderen Seite des Zimmers. Die Außentür wird geöffnet,* Maude, *in leichter Sommerjacke oder Strickjacke, kommt herein und nimmt dabei die Sonnenbrille ab.*

MAUDE Simon! Du kommst aber früh.

SIMON Ich hab beschlossen, mit dem Auto zu fahren. Steve Rimmer hat mir seinen Porsche geliehen, während er auf seiner Japantournee ist.

MAUDE *hält ihm die Wange zum Kuß hin.*

MAUDE Schön, wenn man so reiche und noch dazu vertrauensvolle Freunde hat.

SIMON Och, Steve und ich kennen uns schon ewig. Ich hab immer über seine Auftritte geschrieben, als er noch diese Heavy Metal Band hatte – »Die Schmerzschwelle«. Und vorher waren wir zusammen in Cambridge. Wie gehts dir denn?

MAUDE Danke, prima.

SIMON Wie läuft der Kurs?

MAUDE Naja ... du weißt, daß Maurice krank ist und Leo Rafkin statt dessen hier ist?

SIMON Ja. Ich habe das schreckliche Gefühl, daß ich mal etwas nicht sehr Schmeichelhaftes über ihn geschrieben habe.

MAUDE Hast du.

SIMON Vielleicht hat er es vergessen.

MAUDE Hat er nicht.

SIMON Na, was solls. Wie kommst du mit ihm zurecht?

MAUDE *geht zur Spüle, läßt Wasser in den Kessel laufen und schaltet ihn ein.*

MAUDE Zuerst war es schwierig. Aber ich kann nicht behaupten, daß es langweilig war. Tee?

SIMON Danke. Weißt du, eigentlich hatte Jeremy *mich* aufgefordert, als zweiter Dozent herzukommen.

MAUDE Ja, das war mein Vorschlag.

SIMON *überrascht* Ach?
MAUDE Ja.
SIMON *unsicher, wie er diese Information verstehen soll* Das wußte ich nicht. Sonst hätte ich vielleicht zugesagt.
MAUDE *verrät sich nicht* Wie schade.
SIMON Ich habe es einmal gemacht und mir geschworen, nie wieder. Also habe ich mich mit der Gastautor-Rolle begnügt.

Die Tür wird abrupt geöffnet. LEO *kommt herein. Er sieht zunächst nur* MAUDE.

LEO Maude! Wo bist du denn gewesen? Ich habe dich überall gesucht – *Er bemerkt* SIMON *und zieht ein Gesicht.*
MAUDE Leo, du hast Simon, glaube ich, schon kennengelernt.
SIMON Einmal, ist Jahre her. In Michigan, ja?
LEO Chicago. Ich habe mir geschworen, wenn ich Sie das nächstemal treffe, gebe ich Ihnen eins auf die Nase.
SIMON Wirklich? Womit habe ich das verdient?
LEO Sie haben in einem Magazin einen beleidigenden Artikel über mich geschrieben.
SIMON Ist das wahr? Bei meinen Artikeln ist meistens irgend jemand beleidigt. Ich muß wohl etwas ausgesprochen Beleidigendes an mir haben.
LEO Dem will ich nicht widersprechen.
SIMON Und kann ich auch sicher sein, daß Sie mir keins mehr auf die Nase geben wollen?

LEO *geht, ohne zu antworten, zur Spüle.*

Ich möchte es gern wissen. Sonst muß ich den ganzen Tag mit dieser Spannung leben.

LEO *prüft die Whiskyflasche, die fast leer ist.*

Ja, ich habe mir was zu trinken genommen. Aber keine Angst, ich habe eine volle Flasche Johnny Walker im Porsche. *Zu* MAUDE Der schafft mühelos zweihundert. Und hat ne Anlage mit sechs Lautsprechern. Du kannst dir nicht vorstellen, wie toll die Pet Shop Boys bei Tempo zweihundert klingen.

MAUDE Wer sind die Pet Shop Boys?

SIMON Hör mal, Maude! Haben dir deine Kinder überhaupt nichts beigebracht?

MAUDE Henry erlaubt nicht, daß sie ihre Platten auf seiner Hi-Fi-Anlage spielen. Sie dürfen sie nur in ihren Zimmern auflegen.

SIMON Und wahrscheinlich so leise, daß man die Bässe nicht hören kann. Kenn ich. Kenn ich. Übrigens, habt ihr einen Hund namens Suki?

MAUDE Nein, ein Au-pair-Mädchen. Wieso?

SIMON Tja. Also, sie ist schwanger.

MAUDE *Was?*

SIMON Jemand hat eine diesbezügliche Nachricht auf dem Anrufbeantworter hinterlassen. Ich nehme an, dein Mann.

MAUDE *geht schnell zum Telefon und wählt.*

Zu LEO Wie läuft der Kurs?

LEO Schwer zu sagen, wenn die Studenten keinerlei Talent haben.

SIMON Seien Sie da nicht so sicher. Wheatcroft hat schon ein paar interessante Autoren hervorgebracht.

LEO Wen zum Beispiel?

SIMON Mich zum Beispiel.

MAUDE *wählt nochmal* Ich habe gar nicht gewußt, daß du hier mal an einem Kurs teilgenommen hast, Simon.

SIMON Und ob. Als ich achtzehn war. Ich habe einen ganzen Roman in vier Tagen geschrieben.

LEO *dreht sich schnell um und starrt* SIMON *an.*

MAUDE Simon! Du bist ein schrecklicher Lügner! Du hast die Geschichte von Jeremy gehört und sie geklaut.

SIMON Nein, es ist wahr. Das war ich.

MAUDE *sieht ihn forschend an.*

Ich habe damals die Schule geschwänzt. Habe mich unter falschem Namen eingeschrieben.

MAUDE Ich weiß wirklich nicht, ob ich dir glauben soll oder nicht. Du klingst so gräßlich glaubwürdig.

MAUDE *legt den Hörer auf.*

SIMON Deswegen bin ich ja auch Schriftsteller. Hast du niemanden erreicht?

MAUDE Nein, es ist besetzt.

SIMON Machst du dir Gedanken wegen dieses Mädchens?

MAUDE Selbstverständlich mache ich mir Gedanken. Wenn sie schwanger *ist.* Wir hatten schon mal einen falschen Alarm bei einem Au-Pair-Mädchen.

SIMON Aha.

SIMON *schlendert zu dem Tisch, auf dem* LEOS *Computer steht, und drückt auf ein paar Tasten.*

SIMON *zu* MAUDE Gehört dieses kleine Spielzeug dir, Maude?

MAUDE Um Gottes willen, nein. Er gehört Leo.

LEO Und ich wäre Ihnen sehr verbunden, wenn Sie ihn nicht anfassen würden.

SIMON *nimmt mit einer übertriebenen Geste die Hände von der Tastatur.*

SIMON Tschuldigung. War doch gar nicht eingeschaltet.

MAUDE Auch dann muß man mit diesen Apparaten vorsichtig sein. Man hört die schrecklichsten Geschichten darüber, daß ganze Bücher mit einem einzigen Happs verschlungen werden, weil jemand auf die falsche Taste gedrückt hat.

LEO Da muß man sich aber schon sehr blöd anstellen.

MAUDE Also, ich kann kaum mit einem Taschenrechner umgehen, ganz zu schweigen von einem Computer. Aber ich bin überrascht, daß du keinen hast, Simon. Du gehst doch sonst immer mit der Zeit.

SIMON Nein, ich verlasse mich auf den guten alten Füllfederhalter, wenigstens für die Rohfassung. Siehst du diese kleine Schwiele an meinem Finger? SIMON *zeigt* MAUDE *seinen Zeigefinger* Das Schriftstellerhühnerauge. *Er geht zu* LEO. So was haben Sie vermutlich noch nie gesehen, Leo. Die meisten Amerikaner lernen ja nie Schreibschrift, stimmts? *Er hält* LEO *den Finger hin.* Schriftstellerhühnerauge. LEO *übersieht den Finger. Er blickt* SIMON *direkt in die Augen, als ob er ihn schlagen wollte.* Ist sehr praktisch beim Vorspiel. SIMON *bewegt seinen Finger anzüglich mit einer reibenden Bewegung.*

MAUDE Simon, sei nicht so ekelhaft!

SIMON *geht zum Tisch zurück. Er hält die Hände spielerisch über die Tasten und bewegt die Finger in der Luft.*

SIMON Ich wage zu behaupten, daß es nur noch eine Sache der Zeit ist, bis das Schreiben in den Staaten voll automatisiert ist. ZU LEO Oder kann man schon Software kaufen, die einem das Schreiben völlig abnimmt? Zum Beispiel ein Programm, um den Großen Amerikanischen Roman zu schreiben? Wie würde man das wohl nennen ...? Vielleicht »Megaschreiber«?

LEO Sehr witzig.

SIMON Oder »Kompaktwichs« für ›Penthouse‹-Artikel.

MAUDE Halt den Mund, Simon ...

SIMON Und für den immer und ewig populären Roman über jüdische Komplexe in bezug auf Sex und Holocaust selbstverständlich das Programm »Sado-Seife«.

LEO Sie Arschloch! Sie haben mein Manuskript gelesen ...?

> LEO *geht drohend auf* SIMON *zu, der sich auf die andere Seite des Tischs zurückzieht und die Hände hochnimmt, als wollte er sich ergeben.* LEO *nimmt sein gelbes Ringbuch vom Tisch.*

SIMON Tschuldigung. Ist es denn nicht für die Augen der Öffentlichkeit bestimmt?

LEO Ich hätte gleich beim ersten Blick meinen Schwur halten und Ihnen eins auf die Nase geben sollen.

> LEO *geht wütend auf* SIMON *los.* MAUDE *tritt zwischen die beiden.*

MAUDE Um Himmels willen, nun hört endlich auf, euch wie Kinder zu benehmen!

> *Es klopft an die Tür, und der etwas aufgeregt wirkende* JEREMY *kommt herein.*

JEREMY Simon! Wie bist du hergekommen?

SIMON Mit dem Auto.

JEREMY Das hättest du mir ruhig mitteilen können. Ich war in Wareham und habe auf den Zug aus London gewartet.

SIMON Entschuldige, Jeremy! Das war mir völlig entfallen.

MAUDE Simon, du bist unmöglich!

JEREMY Macht nichts. Hauptsache, du bist da. Ich hatte schon Angst, wir würden heute *noch* ein Fiasko erleben.

SIMON Oh? Was war denn los?

MAUDE Meine Lesung wurde wegen eines falschen Selbstmordalarms abgebrochen, und bei Leo ist die Hälfte der Zuhörer rausgegangen.

SIMON Sensationell! Warum sind sie rausgegangen?

MAUDE Oh ... das ist eine lange Geschichte.

LEO *zu* SIMON Sie haben sie grade gelesen, ohne meine Erlaubnis.

SIMON Aha. Also, *so* schlecht fand ich sie gar nicht.

LEO *starrt* SIMON *wütend an.*

JEREMY *zu* SIMON Ein paar Studenten waren ein bißchen schockiert. Ich hoffe, daß dein Text nicht allzu provokativ ist.

SIMON Du meinst, ich darf meine aufwühlende Geschichte über die bestialischen Schafscherer in Dorset nicht lesen?

JEREMY Nein.

SIMON Darf ich »ficken« sagen?

JEREMY Lieber nicht.

SIMON Och komm, nimm Vernunft an, Jeremy.

JEREMY Bis 1961 sind Schriftsteller sehr gut ohne dieses Wort ausgekommen. Ich verstehe nicht, wieso sie seitdem so süchtig danach sind.

SIMON Als Beschreibung des Sexualakts gibt es einfach keinen besseren Ausdruck.

JEREMY Ich bitte dich bloß um ein bißchen Zurückhaltung. Dieser Kurs kann sich kein weiteres Debakel leisten.

MAUDE Oho, höre ich da einen Hauch von Vorwurf?

JEREMY Ich muß schon zugeben, daß nicht alles so gelaufen ist, wie ich gehofft habe ... Es gab Beschwerden von seiten der Studenten.

LEO Was für Beschwerden?

JEREMY Naja, daß sie euch nicht finden können, wenn sie euch brauchen.

LEO Mein Gott! Wir haben den ganzen Vormittag Einzelunterricht gegeben. Was wollen die denn noch?

JEREMY Ein paar sind nach dem Mittagessen herumgelaufen und haben euch überall gesucht.

MAUDE Ich habe einen Spaziergang mit Mr. und Mrs. Baxter gemacht. Der Bankdirektor und seine Frau.

LEO *sieht sie überrascht an.*

JEREMY Naja, das war natürlich sehr nett von dir, Maude, aber ich fürchte, die anderen Studenten werden eifersüchtig, wenn sie auch nur die kleinste Spur von Bevorzugung bemerken.

SIMON Du hättest sie mittags in die Kneipe schleppen und alle besoffen machen sollen. Das ist die einzige Möglichkeit, um hier deine Ruhe zu kriegen.

JEREMY Soll ich dir dein Zimmer zeigen, Simon? Es ist drüben im Haupthaus.

SIMON Darf ich nicht bei den anderen Profis schlafen?

JEREMY Du weißt genau, daß hier nur zwei Schlafzimmer sind.

SIMON Ich hab nichts dagegen, meins mit Leo zu teilen.

LEO Ich aber. *Er bemerkt zu spät, daß* SIMON *einen Witz gemacht hat.*

JEREMY Es gibt hier sowieso bloß Einzelbetten. Im Haupthaus hast du es viel bequemer.

MAUDE Ja, Simon, und du kannst unsere Pflichtvergessenheit wieder gutmachen und dich mit den Studenten verbrüdern.

JEREMY *geht zur Außentür und hält sie auf.* SIMON *nimmt seine Reisetasche.*

SIMON Das macht mir ja gerade Sorgen. Sie werden mich die ganze Nacht wachhalten mit Fragen über Erzähltechnik und darüber, wie man einen Agenten findet.

JEREMY Du hast ein Zimmer für dich allein.

JEREMY *und* SIMON *gehen hinaus.*

LEO Du scheinst St. Clair ziemlich gut zu kennen.

MAUDE Wir sehen uns gelegentlich bei Verlagsparties, bei Literaturfestivals und ähnlichen Sachen. Vor ein paar Monaten haben wir zusammen in der Jury für einen Buchpreis gesessen.

MAUDE *geht zum Telefon und wählt.*

LEO Er ist sogar noch abscheulicher, als ich ihn in Erinnerung hatte.

MAUDE Ärger dich nicht über ihn. »Er tut es doch nur dir zum Hohn, und weil es dich verdrießt.« *Sie hält den Hörer ans Ohr.* Mist, immer noch besetzt.

LEO Wie kommt es, daß er als Gastautor zu diesem Kurs kommt? Ich meine, was hat er *geschrieben* außer Zeitungsartikeln?

MAUDE *wählt wieder.*

MAUDE Er hat einen Roman geschrieben, nachdem er von Cambridge weg war.

LEO Taugt der was?

MAUDE Frühreif. Schamlos. Poetische Schilderungen speziell von Nasepopeln und Onanie, wenn ich mich richtig erinnere. Aber unbestreitbar amüsant. *Sie legt den Hörer auf.* Ist das zu fassen – das ganze Wochenende hat mich Henry wegen lauter Bagatellen angerufen, und jetzt, wo ich mal mit ihm sprechen will, komm ich nicht durch.

LEO Hat er sonst noch was veröffentlicht?

MAUDE Einen Band Essays. Keinen zweiten Roman, obwohl er angeblich an einem schreibt, schon seit Jahren. Er schreibt viele Rezensionen.

LEO Ich weiß, ich habe sie gelesen. Er kann zwar selber kein Buch schreiben, macht aber denen das Leben schwer, die es können.

MAUDE *geht zum Fenster neben der Außentür und sieht hinaus.*

MAUDE Ich fürchte, wir haben Jeremy enttäuscht.

LEO *geht zu ihr* Was kümmert es dich, was Jeremy denkt? Er kann von Glück reden, daß du überhaupt einen Fuß in diese Bruchbude gesetzt hast.

MAUDE Naja, ich weiß, aber... Es ist vielleicht reine Eitelkeit, aber ich mag es, wenn man mich mag.

LEO Überlaß das nur mir.

LEO *legt besitzergreifend die Hand auf* MAUDES *Hüfte. Sie weicht ihm gleitend aus.*

MAUDE Ich spreche von moralischer Anerkennung. Das ist ein Überbleibsel aus meiner Schulzeit. Ich möchte nicht, daß Jeremy mir eine schlechte Note gibt.
LEO Maude.

LEO *geht ihr nach, nimmt ihren Arm und dreht ihr Gesicht zu sich herum. Er küßt sie. Sie macht sich schnell aus der Umarmung frei.*

MAUDE Nicht jetzt, Leo.
LEO Warum nicht?
MAUDE Jeden Augenblick kann einer von den Studenten klopfen.
LEO Laß sie klopfen.
MAUDE Vielleicht kommt Simon zurück. Der würde nicht mal klopfen.
LEO Dann gehen wir in dein Zimmer.
MAUDE Mach keine Witze. Es ist Nachmittag.

MAUDE *nimmt einen Stapel Manuskripte von einem Stuhl und trägt sie zum Tisch, wo sie anfängt, sie zu sortieren.*

LEO Es soll schon vorgekommen sein, daß Leute am Nachmittag miteinander geschlafen haben.
MAUDE Vielleicht in der Privatsphäre ihrer eigenen vier Wände.
LEO »Privatsphäre ihrer eigenen vier Wände«? Was ist denn das fürn affektierter Scheiß, Maude? Komm ins Bett.
MAUDE *protestiert lachend* Nein!

LEO Heute nacht war es toll, was?

MAUDE Ich bin nicht sicher, ob ich über heute nacht reden möchte.

LEO Aber es tut dir nicht leid.

MAUDE *nach einer kleinen Pause* Nein.

LEO Also dann.

MAUDE Alles zur richtigen Zeit und am richtigen Ort. Und jetzt wird es für mich Zeit, mir die Manuskripte von Mr. und Mrs. Baxter anzusehen.

MAUDE *öffnet einen Aktenordner mit dem Ausdruck einer Lehrerin, die »zensieren« will.* LEO *sieht sie verblüfft an.*

LEO Warum bist du um Himmels willen heute nachmittag mit diesem widerlichen Paar spazierengegangen?

MAUDE Sie sind sehr nett. Mrs. Baxter hat eine hinreißende Geschichte über ein kleines Mädchen geschrieben, das im Krieg evakuiert worden ist.

MAUDE *hält einen Stapel handbeschriebener Seiten hoch, die mit einem lila Band zusammengebunden sind. Dann inspiziert sie ein schwarzes Ringbuch.*

Das Buch, das Mr. Baxter in Arbeit hat, klingt nicht ganz so vielversprechend. »Mord am achtzehnten Grün«.

LEO Ich werde aus dir nicht schlau, Maude. Heute nacht warst du wie ein brünstiges Tier.

MAUDE Ich nehme an, das soll ein Kompliment sein?

LEO Ein schönes, begehrenswertes, nacktes Tier. Es war das aufregendste sexuelle Erlebnis, das ich seit Jahren hatte.

MAUDE *liest im Manuskript* Wie schön.

LEO Und heute bist du wieder die typische englische Rose mit zusammengekniffenem Arsch – genauso wie bei deiner Ankunft.

MAUDE »Englische Rose mit zusammengekniffenem Arsch« – du hast wirklich eine besondere Art, dich auszudrücken.

Es klopft an der Außentür.

MAUDE Da ist jemand an der Tür.

LEO Hör mal, Maude, ich bin heute den ganzen Tag wie benommen vor Begierde herumgelaufen. Wann tun wir es wieder?

MAUDE Das kommt darauf an.

Es klopft wieder.

LEO *brüllt* Gehen Sie weg! *Zu* MAUDE Worauf?

MAUDE *geht zur Tür.*

MAUDE Auf einiges. Meine Stimmung. Deine Diskretion. Ich würde nicht fest damit rechnen.

Sie öffnet die Tür, ruft und winkt.

Lionel! Kommen Sie zurück! *Zu* LEO Das ist Mr. Brigstock für dich. Er hat ein *sehr* dickes Manuskript unter dem Arm.

Blackout

2. Szene. Am Abend desselben Tages.

SIMON, *in weitem, weißem Hemd und schwarzen Hosen, sitzt in einem Spot mit dem Gesicht zum Publikum, wie* MAUDE *in der 4. und* LEO *in der 6. Szene des I. Akts; er hat jedoch ein Glas Wein neben sich auf dem Tisch stehen. In der Hand hat er einen Stapel großer Karteikarten, auf denen jeweils einer der numerierten Teile seines Textes steht. Nach dem Lesen jedes Teils macht er eine Pause und legt die entsprechende Karte mit dem Text nach unten auf den Tisch.*

SIMON Ich werde jetzt einen Text lesen, an dem ich seit einiger Zeit gearbeitet habe. Der Titel lautet: »Anstatt eines Romans«.

Er trinkt einen Schluck Wein; fängt an zu lesen.

Eins. Der Einband.
Der Einband besteht aus sechsfarbig bedrucktem Hartpapier. Auf der Vorderseite befindet sich eine Reproduktion im Stil Magrittes: ein Buch, das von zwei Händen offengehalten wird. Die Seiten dieses Buchs sind vollständig leer, und auf mysteriöse Weise sind die Daumen des Lesers, die die Seiten aufgeschlagen halten, in der weißen Leere des Papiers verschwunden. Der Titel »Anstatt eines Romans« steht in zollgroßen Buchstaben oben auf der Vorderseite, der Name Simon St. Clair anderthalbzoll groß unten. Unter dem Namen steht in kleineren Buchstaben desselben Schrifttyps: »Vom

Autor von ›Regenwurmhäufchen‹«. Auf der Innenseite des Einbands befindet sich eine begeisterte Beschreibung des Buchinhalts, in der Branche Klappentext genannt.

Zwei. Der Klappentext.

»Anstatt eines Romans« ist buchstäblich nicht zu beschreiben. Ist es ein raffiniertes Spiel? Ein schockierendes Bekenntnis? Eine Falle für den unvorsichtigen Leser? Eine glänzende Entfaltung literarischer Virtuosität? All das, und vielleicht noch mehr. »Anstatt eines Romans« erfüllt das Versprechen, das Simon St. Clair mit seinem brillanten und bejubelten ersten Roman »Regenwurmhäufchen« gegeben hat, und setzt neue Maßstäbe für begriffliche Kühnheit und innovative Technik im zeitgenössischen Roman.

Drei. Das Photo.

Das Schwarzweiß-Photo auf der Rückseite des Einbands ist von Ian McKell und wurde mit Genehmigung von ›The Face‹ abgedruckt, wo es erstmals erschienen ist. Es zeigt den Autor in einem weiten, knöchellangen Mantel aus zerknitterter grauer Baumwolle über passenden sackartigen Hosen, Kreation Katherine Hamnett. Der Autor steht in einer düsteren Ecke eines Schrottplatzes im Norden Londons, blickt schmollend in die Kamera und lehnt sich an einen Haufen beschädigter und veralteter Musikautomaten, Videospiele, elektrischer Gitarren und Verstärker.

Vier. Die biographischen Angaben.

Simon St. Clair wurde 1957 geboren; er besuchte die Westminster School und das King's College in Cambridge, wo er einen akademischen Grad erster Klasse in Englisch errang und eine alternative Studentenzeitung mit dem Titel ›Nockenwelle‹ herausgab. Schon während des Studiums begann er seinen ersten Roman »Regenwurmhäufchen«, der 1980 erschien und allgemein gelobt wurde. Er gewann damit die Somerset-Maugham-Medaille und den Whitbread-Erstlings-Preis. Nach anfänglicher Redaktionstätigkeit bei ›Time Out‹, ›Musical Express‹ und ›The Listener‹ arbeitete er als freiberuflicher Schriftsteller und schrieb für Zeitschriften beiderseits des Atlantiks Rezensionen und Artikel über Literatur, Rockmusik und andere Aspekte zeitgenössischer Kultur. 1985 erschien eine Sammlung seiner Essays mit dem Titel »Graffiti«. Simon St. Clair lebt in London.

Fünf. Aus den Rezensionen zu »Regenwurmhäufchen«.

»Eine neue und erfrischende Stimme im zeitgenössischen britischen Roman – Pünktchen, Pünktchen, Pünktchen – funkelnder Witz und ätzende Ironie.«
– Observer.

»Selten wurden die Leiden und Freuden der Jugend mit solch umwerfender Genauigkeit geschildert.«
– The Times.

»Die ›Sexpistols‹ für den intellektuellen Mann.«
– Guardian.

»Das vielleicht brillanteste Romandebut dieses Jahrzehnts.« – Time Out.

> SIMON *schiebt die Zunge in die Backe, als ob er andeuten wollte, daß diese letzte Huldigung auf eine Anregung von ihm zurückginge.*

Sechs. Die Titelseite.

ANSTATT EINES ROMANS.

Ein Roman. Von Simon St. Clair.

Sieben. Die gegenüberliegende Seite.
Weitere Bücher von Simon St. Clair:
Regenwurmhäufchen
Graffiti
Acht. Die Widmung.
Für Julian, dem alles zuviel wurde.
Neun. Danksagung.
Mein Dank gilt Faber and Faber Ltd. für die Zitate aus T. S. Eliots »Das wüste Land«; Methuen & Co. für die Zitate aus »Pu der Bär« von A. A. Milne; EMI für die Zitate aus »Wish You Were Here« von Pink Floyd. Dem Kunstkino in Cambridge, wo ich viele angenehme Nachmittage damit verbracht habe, mir das Repertoire von Godard, Fellini, Antonioni und Hitchcock einzuverleiben. Außerdem Amanda, Cheltenham Ladies College und Newnham College, die nach unserem ersten Tanz in den Mai alles mit sich machen ließ, oder zumindest hätte machen lassen, wenn ich nicht zu betrunken gewesen wäre. Julian, der mir den Kopf gehalten hat, als ich auf dem Heimweg in das Weihwasserbecken der katholischen Kirche in der Hills Street gekotzt habe, und mir Kokain als weniger brechreizende Methode zum Highwerden empfahl. Amanda, die mir im nächsten Herbstsemester eine zweite Chance zum Bumsen gab, die ich wahrnahm und dermaßen genoß, daß ich diesen Sport von da an bei jeder sich bietenden Gelegenheit trieb, bis sie eines Tages schwanger wurde, ich ihr eine Abtreibung vorschlug, sie diese ablehnte, sich aber schließlich doch dazu überreden ließ. Julian, der sich von seinem Vater das Geld für Amandas schnelle und diskrete Operation im St. John's Wood Krankenhaus borgte, nach der sie sagte, sie wolle mich

nie wiedersehen. Julian, der Amanda während ihrer auf die Abtreibung folgenden Depression so hingebungsvoll pflegte, daß sie das Abschlußexamen schaffte, während er infolgedessen so schlecht abschnitt, daß er die Chance auf ein Stipendium verspielte. Amanda, die dann vernünftigerweise einen Juristen vom Trinity College heiratete und in vier Jahren drei Kinder bekam. Weiterhin gilt mein Dank dem Autor des Artikels »Neue Aspiranten auf glanzvolle Preise« in einer farbigen Sonntagsbeilage, der mich als kommendes literarisches Genie bezeichnete, und dem Photographen, der ein so hinreißendes Foto von mir – im weißen Anzug lässig in einem Boot lehnend – machte, daß sie es auf die Titelseite setzen mußten. Den Literaturredakteuren der Londoner Zeitungen und Zeitschriften, die mich anschließend mit Aufträgen überschütteten. Verity Blackwell, diesem Genie unter den Verlegern, der »Regenwurmhäufchen« schon wenige Tage nach Einsendung annahm und mich mit der Begründung, man könne des Guten auch zu viel tun, weise dazu überredete, die Szene zu streichen, in der der Held im Londoner Planetarium von einer geheimnisvollen Nonne oral befriedigt wird. Allen meinen Freunden und Bekannten, die beim Erscheinen von »Regenwurmhäufchen« für ungeheure Publicity und begeisterte Rezensionen sorgten. Julian, der die einzige negative und einzige ehrliche Kritik in einer kleinen Zeitschrift schrieb, die niemand liest, worauf ich die Bekanntschaft mit ihm abbrach. Amanda, die zur Party anläßlich des Erscheinens von »Graffiti« kam, sich überschwenglich für die Einladung bedankte, und die ich anschließend um der alten Zeiten willen bumste. Julian, der eines Abends stinkbesoffen und bis oben voll mit Kokain in meiner Wohnung auftauchte, die Arme um mich legte, mich auf den Mund küßte und mir mitteilte, ich sei der einzige Mensch, den er je geliebt hätte, worauf ich ihn prompt und vor rechtschaffener Empörung zitternd wie eine viktorianische Jungfrau hinauswarf. Julian, der zwei Jahre später an den Folgen seiner Heroinsucht starb. Weiterhin danke ich allen Verlegern, Literaturredakteuren, Agenten, PR-Männern, PR-Frauen, Fernsehproduzenten, Radioproduzenten, Diskjockeys, Talkshow-Gastgebern, Partyveranstaltern, Essensgastgebern, Freikartenausteilern und Nutten jeglichen Geschlechts und jeglichen Berufs, die mir so viele Ausreden geliefert haben, das Schreiben dieses Romans immer wieder aufzuschieben.

Zehn. Das Nachwort.

»Das, was den Leser zum Roman zieht, ist die Hoffnung, sein fröstelndes Leben an einem Tod, von dem er liest, zu wärmen.« – Walter Benjamin

SIMON *legt die letzte Karte hin und sieht hoch.*

Der Rest des Buchs besteht aus zweihundertfünfzig absolut leeren Seiten.

Blackout

3. Szene. Am selben Abend.

Die Scheune. MAUDE *ist allein im Wohnzimmer und telefoniert.*

MAUDE ... also, ich möchte, daß du *sofort* mit Suki zu Dr. Walters gehst, die Nummer steht auf der Pinnwand in der Küche, und sie einen Test machen läßt. Es besteht überhaupt kein Grund, in Panik zu geraten, bis wir nicht wissen, ob sie wirklich schwanger ist oder bloß hysterisch.

LEO *kommt herein, bleibt auf der Türschwelle stehen, als er merkt, daß* MAUDE *telefoniert.*

Ruf mich an, wenn ihr bei Walters wart. Wiedersehen, Henry.

MAUDE *legt den Hörer auf,* LEO *setzt sich in den Sessel.*

LEO Hast du ihn endlich erreicht?

MAUDE Nein, ich habe eine Nachricht auf *unserem* Anrufbeantworter hinterlassen. Ich habs satt, hinter ihm herzutelefonieren.

MAUDE *setzt sich auf das Sofa.* SIMON *kommt mit einer vollen Flasche Whisky herein.*

SIMON Eine Flasche Johnny Walker. Wie versprochen.

SIMON *öffnet den Verschluß, geht zur Spüle und schenkt zwei Gläser ein.*

Den kann ich jetzt wirklich brauchen. Nach einer Lesung merke ich immer, wie mir das Adrenalin durch die Arterien schießt. *Zu* MAUDE. Sag stop.

Er gießt etwas Wasser in MAUDES *Glas.*

MAUDE Stop.

SIMON *geht mit den beiden Gläsern zu* MAUDE. *Er gibt ihr ein Glas.*

SIMON *mit gespielter Höflichkeit* Bitte, bedienen Sie sich, Leo.

LEO *geht zur Spüle und schenkt sich ein Glas ein.* SIMON *setzt sich auf* LEOS *Platz.*

MAUDE Na, da hast du den Studenten wirklich Grund zum Nachdenken gegeben, Simon. Die waren ganz schön verblüfft.

SIMON Dir hat es nicht gefallen.

MAUDE O doch! Es war sehr interessant.

SIMON Aha, »interessant«. Das Adjektiv, auf das die Freunde des Autors als letzten Ausweg zurückgreifen.

MAUDE Nein wirklich, es war schrecklich klug. Ist es wahr?

SIMON Wahr?

MAUDE Ich weiß, daß alles wahr ist, was du über Westminster und King's College und »Regenwurmhäufchen« undsoweiter geschrieben hast, aber diese Geschichte über Julian und Amanda und die Abtreibung. Ist das wahr?

SIMON Also ehrlich, Maude, was für eine unpassende Frage an einen Romanschriftsteller. Ich muß mich sehr über dich wundern.

MAUDE Nun hör schon auf, Simon!

SIMON Das ist genauso, als ob man eine Dame fragt, wie alt sie ist. Oder ob sie in den Wechseljahren ist.

MAUDE *bestürzt* Hast du etwa *meine* Manuskripte auch gelesen?

SIMON Einer der Studenten, ein Mr. Brigstock, hat mir beim Abendessen von deiner Lesung erzählt.

MAUDE Oh.

SIMON Aber woher hast du den amüsanten Einfall, daß eine Frau auf die fliegende Hitze wartet, bevor sie mit dem Hund Gassi geht?

MAUDE Von einer Freundin.

SIMON Wie wird der wohl zu Mute sein, wenn sie das in deinem Roman liest?

MAUDE Nicht halb so schlimm wie Amanda, wenn sie deinen liest.

SIMON Aber ich habe noch gar nicht zugegeben, daß es eine Amanda gab.

> SIMON *geht zur Spüle und holt die Flasche. Er schenkt sich ein und geht mit der Flasche zu* MAUDE.

MAUDE Da bin ich mir ganz sicher ... Na los, Simon, raus mit der Sprache. Wir sind hier unter Autoren.

SIMON Sagt man normalerweise nicht: »Wir sind hier unter Freunden«?

MAUDE Ich meine, wir können einander trauen.

SIMON Können wir das? Wenn ich jemals Kinder habe, was Gott verhüte, werde ich ihnen sagen: »Sprecht nie mit fremden Romanschriftstellern, und seid noch vorsichtiger bei denen, die ihr kennt.«

SIMON *schenkt* MAUDE *ein und geht mit der Flasche zu* LEO.

SIMON Sie sind so still, Leo. Wie finden *Sie* meine Geschichte?

LEO *trinkt sein Glas in einem Zug aus, schnappt* SIMON *die Flasche aus der Hand und schenkt sich reichlich ein. Dann knallt er* SIMON *die Flasche wieder in die Hand.*

LEO Ich fand, es war Hundekacke.

SIMON Sieh da. Sind Sie nicht vielleicht ein klitzekleines bißchen voreingenommen, hm?

LEO Ich muß zugeben, daß es einen gewissen dokumentarischen Wert hatte.

SIMON Ach ja?

LEO Als flüchtiger Einblick in den verrotteten Leichnam des literarischen Lebens in England.

SIMON Was für ein morbider Vergleich. Was wissen Sie über das literarische Leben in England?

LEO Man braucht nur zu ein paar Verlagsparties zu gehen und die Buchseiten in den Zeitungen zu lesen, um zu verstehen, wie das hier funktioniert – Kuhhandel, Vetternwirtschaft und Rufmord.

SIMON *ironisch* So was gibt es in New York selbstverständlich nicht, oder?

LEO Ich wohne nicht in New York. Die Vereinigten Staaten sind eben größer – die Autoren sind über das ganze Land verteilt. Das Problem in England ist, daß das Land so verdammt klein ist. Jeder hat die Hand in der Tasche von jemand anderem und die Nase im Arsch von jemand anderem. Und außerdem –

SIMON *hebt die Hand* Moment mal! Ich muß nachdenken, ob das anatomisch überhaupt möglich ist.

LEO Das Leben ist zu einfach für Leute wie Sie, St. Clair. Sie rutschen aus der Schule nach Cambridge und von Cambridge nach London, ohne die Realität auch nur mit den Zehenspitzen zu berühren. Jeder kennt jeden in diesem verhexten Kreis, der über das literarische Leben bestimmt. Nirgendwo sonst ist der Start als Schriftsteller so einfach. Aber das hat seinen Preis.

SIMON *nach einer Pause* Sie können es bestimmt nicht abwarten, daß wir fragen, was für einen.

MAUDE Was für einen, Leo?

LEO Die schreckliche Dürftigkeit der zeitgenössischen britischen Literatur. Sie ist oberflächliches, träges, selbstgefälliges Geschwätz.

MAUDE Du willst doch wohl nicht behaupten, daß Simons Geschichte selbstgefällig war.

LEO Doch, doch! Er suhlt sich in seiner eigenen Abscheulichkeit. Laß dich nicht von dieser tückischen Metaliteratur täuschen. Seine Geschichte ist pure Verlogenheit, die sich einen abwichst.

SIMON Das gefällt mir! »Verlogenheit, die sich einen abwichst«. Ich würde mich nicht wundern, wenn ich Ihnen das eines Tages klaue, Leo.

MAUDE Was bedeutet »Metaliteratur«?

SIMON Das gehört sozusagen zum akademischen Jargon in Amerika, Maude. Vergiß nicht, Leo arbeitet an einer anglistischen Fakultät. Mit jedem Atemzug inhaliert er Begriffe wie Metaliteratur, Textualität, Dekonstruktivismus. Diese Wörter tanzen wie Motten in der Luft amerikanischer Klassenzimmer.

MAUDE Aber was heißt das?

LEO Daß man nur Texte schreibt, die auf sich selbst verweisen.

MAUDE *ganz gelangweilte Erkenntnis* Ach das.

Pause

Könnten wir nicht mal was anderes tun als fachsimpeln?

SIMON Was denn zum Beispiel, Maude? Möchtest du vielleicht Karten spielen?

MAUDE Natürlich nicht.

SIMON Scrabble? Scharaden?

LEO Ich dachte, Sie spielen schon die ganze Zeit Scharaden.

MAUDE Ich meine, über etwas anderes reden als Schreiben.

SIMON Ach so. Das Problem ist bloß – Schreiben ist das einzige Gesprächsthema, das wir drei gemeinsam haben.

MAUDE Wenn wir wenigstens ein bißchen Musik hätten. Ich muß mal mit Jeremy darüber reden, daß er ein Radio oder einen Plattenspieler hier reinstellt.

SIMON Musik?

MAUDE Nicht deine Art Musik, Simon.

SIMON Was für eine Art denn?

MAUDE Zu später Stunde, zu Whisky ... Frank Sinatra.

SIMON Sinatra? Du überraschst mich, Maude. Ich hätte auf barocke Kammermusik getippt.

MAUDE *lächelt ihr Mona-Lisa-Lächeln. Der Alkohol zeigt allmählich bei ihr Wirkung.*

MAUDE Tja, ich bin eben eine Frau mit vielen Überraschungen. Stimmts, Leo?

Leo weiß nicht, wie er darauf reagieren soll. Simon *sieht schnell von dem einen zum anderen, er spürt irgend etwas Unausgesprochenes. Er geht zum Telefon und wählt, ohne den Hörer hochzunehmen.*

Maude Was tust du da, Simon?

Simon Ich kann dir zwar nicht Frank Sinatra garantieren, und es wird sicher auch nicht die beste Tonqualität sein, aber es gibt eine Londoner Nummer, die man anrufen kann, um sich den Golden Oldie der Woche anzuhören.

Maude *steht auf und geht zum Telefon, um mitzuhören.* Simon *dreht die Lautstärke des Anrufbeantworters auf. Man hört Phil Collins' »One More Night«.*

Maude Simon, du bist ein Genie.

Simon Armer Phil Collins – schon ein Golden Oldie. Das hat er erst 1985 aufgenommen.

Maude *wiegt sich in den Hüften* Wunderschön. Barmusik zum Schmusen.

Leo *schenkt sich nach und wendet dabei den beiden den Rücken zu.*

Simon *zu Maude* Warum nicht?

Simon *fordert* Maude *mit einer Geste, die* Leo *nicht sehen kann, zum Tanzen auf. Sie gleitet in seine Arme.*

Leo Ich habe Sinatra mal in Las Vegas gehört.

Maude Ach ja?

LEO Für jemand ohne Stimme konnt er ganz gut singen.

LEO *dreht sich um und starrt voller Erstaunen und Eifersucht auf* MAUDE *und* SIMON, *die fast Wange an Wange tanzen.*

SIMON Weißt du, warum Leo so überempfindlich auf die englischen Literaten reagiert?
MAUDE Laß Leo in Ruhe.
SIMON Nein, hör zu. Wenn wir schon über Verlogenheit reden, sehen wir uns doch mal den typischen amerikanischen Schriftsteller an. Neun von zehn arbeiten an der Uni. Man hat für sie ein absolutes Schwindelfach erfunden – kreatives Schreiben –, um ihnen Arbeit zu verschaffen. Fettes Gehalt, Pension, Stipendien. Mein Gott, die Stipendien! Ich bin sicher, er ist auch mit einem hier rübergekommen.

LEO *schweigt.*

MAUDE Das stimmt, Leo, gibs zu. *Zu* SIMON Er hat ein Guggenheim-Stipendium.
SIMON Siehste.
MAUDE Er schreibt einen Roman über das Ende des zweiten Weltkriegs.
SIMON Was, immer noch? *Zu* LEO Daran haben Sie doch schon gearbeitet, als ich Sie interviewt habe, wann war das, vor fünf Jahren.

LEO *gibt sich offensichtlich Mühe, nicht die Beherrschung zu verlieren.*

LEO Es ist ein langer Roman.
SIMON So was wie »Krieg und Frieden« von heute? Finden Sie wirklich, daß das Ihr Metier ist, Leo?

Leo geht zum Anrufbeantworter und stellt die Musik ab.

Maude *enttäuscht* Och!
Leo *zu Simon* Was wollen Sie damit sagen?

Maude und Simon gehen auseinander. Maude nimmt ihr Glas und stellt sich in die Mitte der Bühne; sie ist im folgenden Kampf Zuschauer, Schiedsrichter und Preis.

Simon Ich habe Sie immer für einen typisch feuilletonistischen Schriftsteller gehalten, Leo. Was wissen Sie über den Krieg?
Maude Leo war bei den Fallschirmspringern.
Leo *schnell* Das habe ich nie behauptet.
Maude Oh, ich dachte.
Simon Nein, er hat seinen Militärdienst damit verbracht, analphabetischen Feldköchen das Lesen beizubringen, stimmts, Leo?
Leo Gehen Sie nicht zu weit, St. Clair.
Maude *zu* Simon Woher wußtest du das?
Simon Vor einem Interview mache ich immer meine Hausaufgaben. Deswegen sind meine Interviewpartner normalerweise anschließend beleidigt.
Leo Und was war mit Ihnen, St. Clair? Welche Kriegsauszeichnungen haben Sie errungen?
Simon Ich kann Ihnen mit Genugtuung mitteilen, daß die allgemeine Wehrpflicht vor meiner Zeit war.
Leo Um zweihundertfünfzig leere Seiten zu produzieren, brauchen Sie sowieso keine Erfahrung.
Simon Nein, bloß Mut.
Leo *lacht verächtlich* Mut?

SIMON Ja, den Mut, das veraltete Werkzeug des traditionellen realistischen Romans über Bord zu schmeißen. Diese mühsam erfundene Spannung und die pflichtgemäß verkleidete Peripetie.

MAUDE Was ist das?

SIMON Umschlag der Handlung in ihr Gegenteil. Normalerweise kombiniert mit Anagnorisis, Entdeckung, wie jeder weiß, der in Cambridge Vorlesungen über klassische Tragödie gehört hat.

MAUDE Also, ich nicht. Sag mir ein Beispiel.

SIMON Zum Beispiel in Leos Geschichte Zimmermans Augenblick der Wahrheit in Auschwitz. Aristoteles war ganz versessen auf Umschlag und Entdeckung. Aber inzwischen hat diese Kombination an Schärfe verloren, seit jede Fernsehwerbung sie benutzt.

LEO Was ist dann die neue Literaturtechnik? Der postmoderne Do-it-yourself-Roman? Zweihundertfünfzig leere Seiten, damit der Leser sein eigenes Buch darauf schreiben kann?

SIMON Warum nicht?

LEO Diese billigen Tricks funktionieren nur einmal.

SIMON Noch ein Grund, warum man dazu Mut braucht. Der experimentelle Roman verbrennt alle Brücken hinter sich, während der realistische Roman immer auf derselben sicheren, langweiligen, alten Straße hin- und herwandert.

MAUDE Also, ich *bin* eine realistische Schriftstellerin, und ich schäme mich nicht, das zu sagen.

SIMON Das gilt natürlich nicht für weibliche Autoren mit Witz und Sensibilität, Maude. Das habt ihr der heiligen Jane zu verdanken. *Zu* LEO Austen, nicht Fonda.

MAUDE Also, ich bewundere Jane Austen.

SIMON Weißt du noch, was Sir Walter Scott über sie gesagt hat? »Das grobe Hauruck-Verfahren beherrsche ich so gut wie jeder andere, aber die Finesse, gewöhnliche, alltägliche Dinge interessant zu machen, ist mir verwehrt.« Du, meine liebe Maude, besitzt diese Finesse, aber ich befürchte, daß Leo bei seinem Kriegsroman, der ungefähr hundertfünfzig Jahre zu spät kommt, auf das Hauruck-Verfahren zurückgreifen wird.

LEO Was wissen Sie schon über meinen Roman, St. Clair?

SIMON Nur, daß Sie schrecklich lange dafür brauchen. Sind Sie etwa blockiert?

LEO Nein, ich bin nicht blockiert.

SIMON Wenn doch, dann rate ich Ihnen, ein paar Sexszenen einzubauen. Die scheinen Ihnen doch ganz leicht von der Hand zu gehen. Oder sind schon jetzt zu viele drin für einen Roman, der eigentlich vom zweiten Weltkrieg handeln sollte?

LEO Sie sind wirklich ein Arschloch.

SIMON Maude, eine andere, wenig bekannte Tatsache ist, daß Leo mal unter anderem Namen Wichsgeschichten für billige Pornomagazine geschrieben hat.

LEO Wer zum Teufel hat Ihnen das erzählt?

SIMON Wie gesagt, ich mach meine Hausaufgaben.

LEO Ich schäme mich nicht deswegen. Ich hab mir so meine Collegegebühren verdient. Und ich mußte damals Frau und Kind ernähren.

SIMON Einfach ergreifend. Wie eine viktorianische Mutter, die auf den Strich gehen mußte, um ihre Familie vor dem Verhungern zu bewahren.

LEO Ich warne Sie, St. Clair...

MAUDE Simon, hör auf.

SIMON Die Pornoschreiberei hat aber trotzdem Spuren in Ihrem Stil hinterlassen, hm? Wie war doch die Passage in Ihrer Geschichte? »Er merkte, wie ihre Brustwarzen unter seinen Fingern zum Leben erwachten ... sie stöhnte vor ungeheuchelter Lust ...« Also, ehrlich!
LEO Jetzt reichts.

LEO *zieht wütend sein Jackett aus.*

MAUDE *warnend* Simon!

LEO *stellt sich in Boxerstellung vor* SIMON, *der keine Anstalten macht, sich zu verteidigen.*

LEO Los, kämpf, du Scheißkerl!
SIMON Ich denke nicht im Traum daran.
MAUDE Leo, um Himmels willen!

LEO *macht eine Sparringbewegung mit der linken Faust und schlägt* SIMON *ins Gesicht.* SIMON *stöhnt, sinkt in die Knie und bedeckt das Gesicht mit den Händen.* MAUDE *läuft zu ihm.*

Zu LEO Jetzt bist du hoffentlich stolz auf dich.
LEO Ich habe ihn kaum berührt.
MAUDE Er blutet aus der Nase.

SIMON *richtet sich auf und hält sich dabei ein Taschentuch an die Nase. Das Taschentuch und sein Hemd sind rotbefleckt. Er steht mit* MAUDES *Unterstützung langsam auf.*

Gehts wieder?
SIMON *undeutlich* Ich blute ziemlich schnell. In der Schule hieß ich immer Bluter St. Clair.
MAUDE Armer Simon. Komm mit ins Bad.

SIMON Nein, ich muß den Kopf in den Nacken legen.

> MAUDE *führt* SIMON *zum Sofa. Er legt sich so, daß seine Füße hoch und sein Kopf tief liegt, ein Arm hängt auf den Fußboden, das blutige Taschentuch hält er ans Gesicht. Es klopft an der Tür. Alle erstarren und wissen nicht, was sie tun sollen. Es klopft noch einmal, dann wird die Tür geöffnet.* PENNY *erscheint auf der Türschwelle. Sie hat einen pinkfarbenen Aktenordner in der Hand.*

PENNY Oh, Entschuldigung. Ich wollte das hier nur... *Sie sieht* SIMON *und bricht ab.* ... Leo geben.

MAUDE *mit Gastgeberinnenstimme* Kommen Sie doch herein.

> PENNY *kommt herein und sieht die drei nacheinander an.*

Simon hat Nasenbluten.

PENNY O je ... kann ich irgendwas tun?

MAUDE Ich glaube nicht.

LEO Was wollten Sie mir geben, Penny?

PENNY Das hier. *Sie gibt ihm den Aktenordner.* Ich habe bis eben daran geschrieben.

LEO *ohne in den Ordner zu sehen* Ja, gut.

PENNY Es ist etwas Neues. Nicht genau das, was Sie vorgeschlagen haben, aber etwas Ähnliches.

LEO Ich werde versuchen, einen Blick reinzuwerfen. *Er legt den Aktenordner hin.* Kommen Sie morgen früh vorbei, ja?

PENNY Um wieviel Uhr?

LEO Och, ähm, halb elf.

PENNY Gut. Also dann bis halb elf. Gute Nacht. *Sie sieht*

zu SIMON *hinüber.* Ich hoffe, Ihr Nasenbluten hört bald auf, Mr. St. Clair.

SIMON *grunzt einen Dank.* PENNY *wendet sich zum Gehen.*

LEO *zu* PENNY Wie fanden Sie Mr. St. Clairs Lesung?
PENNY Oh, sie war sehr... interessant.

SIMON *stöhnt.* PENNY *geht hinaus und schließt die Tür hinter sich.* SIMON *setzt sich langsam hoch, steht dann auf und befingert vorsichtig seine Nase.*

SIMON Hat anscheinend aufgehört. Kann ich mich irgendwo waschen?
MAUDE Ich komme mit. Du willst doch nicht, daß es gleich wieder anfängt zu bluten.

MAUDE *begleitet* SIMON *zum Badezimmer. Sie gehen hinein und lassen die Tür einen Spalt offen.* LEO *ist unbehaglich zu Mute, er sitzt zusammengesunken mit seinem Glas auf einem Stuhl. Die Tür zum Badezimmer wird sanft, aber mit einem hörbaren Klicken geschlossen.* LEO *fährt herum und starrt die Badezimmertür an. Es klopft an der Außentür,* JEREMY, *in Cordjacke und mit einem Erste-Hilfe-Kasten in der Hand, kommt herein.*

JEREMY *sieht sich um* Wo ist Simon? Penny hat mir gesagt, er hätte schreckliches Nasenbluten.
LEO Es geht ihm schon besser.
JEREMY Sie hat gesagt, er läge auf dem Sofa wie »Der sterbende Schwan«. Wie ist das bloß passiert?
LEO Er hat in der Nase gebohrt.
JEREMY Was?

LEO Er hat sich irgendwo gestoßen.

JEREMY Mein Gott, hoffentlich stellt er keine Ansprüche an unsere Versicherung. Die Prämie ist nämlich überfällig. Wo ist er überhaupt? Ich habe hier Verbandsmull und Watte.

LEO Er wäscht sich im Badezimmer.

JEREMY *geht zum Badezimmer.*

Maude ist bei ihm.

JEREMY *bleibt abrupt stehen.*

JEREMY Ach so. Dann lasse ich den Kasten hier für den Fall, daß er ihn noch braucht.

LEO Gehen Sie ruhig rein.

JEREMY Nein, ist nicht nötig. *Er stellt den Kasten auf den Tisch und geht zur Tür.* Ich will nicht stören.

LEO Warten Sie! *Er geht zu Jeremy.* »Nicht stören«? Was glauben Sie, was die da drin tun, verdammt noch mal?

JEREMY *kichert* Was weiß ich.

JEREMY *geht zur Außentür.* LEO, *der außer sich ist vor eifersüchtigem Mißtrauen, greift nach* JEREMYS *Arm und dreht* JEREMY *herum.*

LEO Aber Sie können sichs gut vorstellen?

JEREMY Würden Sie freundlicherweise meinen Ärmel loslassen? LEO *läßt los.* Der Stoff krumpelt so leicht. *Er streicht seinen Ärmel glatt.* Wenn Sie es wissen wollen, ich glaube, sie hat was für ihn übrig.

LEO Maude hat was für diesen Hänfling übrig?

JEREMY Wissen Sie, sie ist dafür bekannt, daß sie junge Schriftsteller sammelt.

LEO Nein, das wußte ich nicht.

JEREMY Ist aber so.

Die Badezimmertür wird geöffnet. JEREMY *zuckt schuldbewußt zusammen und geht von* LEO *weg.* MAUDE *kommt aus dem Badezimmer. Auf ihrer Brust ist ein Blutfleck.*

MAUDE Oh, hallo Jeremy.

JEREMY Ich habe läuten hören, daß Simon auf dem Kriegspfad war. Ich habe den Erste-Hilfe-Kasten gebracht.

MAUDE Vielen Dank, aber es geht ihm anscheinend schon wieder besser.

JEREMY Na fein.

MAUDE Er wäscht sich gerade das Blut aus dem Hemd.

LEO Ein bißchen hat er anscheinend bei dir abgewischt.

MAUDE *sieht auf ihre Brust hinunter* O je. Na, macht nichts, ist ein altes Kleid. Die Lesung ist ganz gut gelaufen, fandst du nicht, Jeremy?

JEREMY Ja, die Studenten waren fasziniert. Und die Tatsache, daß Simons Geschichte – wie war der Titel?

LEO »Bekenntnisse eines Arschlochs«.

MAUDE »Anstatt eines Romans«.

JEREMY Richtig. Ich glaube, allein die Tatsache, daß sie unvollständig war, eine Art bewußtes Versagen, hat den Studenten Mut gemacht.

LEO *grunzt spöttisch.*

Es wird interessant sein, morgen abend zu hören, was sie selber produziert haben. Also dann, gute Nacht.

MAUDE Gute Nacht, Jeremy.

JEREMY *geht hinaus und schließt die Tür.*

LEO Es tut mir leid, Maude.

MAUDE Entschuldige dich bei Simon, nicht bei mir.

LEO Ich habe ihn kaum berührt. Das war nicht der Schlag, den ich ihm angedroht habe.

MAUDE Du meinst, du willst es nochmal probieren?

LEO Es ist so unbefriedigend, einen Schwächling zu schlagen, der sich nicht wehrt.

MAUDE Ich fand Simon eigentlich bemerkenswert tapfer.

LEO Tapfer?

MAUDE Er hat nicht mal mit der Wimper gezuckt, als du wie ein riesiger schnaubender Stier auf ihn los bist.

LEO Ja, ich bin ihm in die Falle gegangen.

MAUDE In was für eine Falle?

LEO Ich habe mich lächerlich gemacht und dich in eine peinliche Lage gebracht. Es tut mir leid.

SIMON *kommt aus dem Badezimmer und hat den letzten Satz gerade noch gehört. Er ist bis zur Taille nackt.*

SIMON Wenn es Ihnen wirklich leid tut, Leo, dann können Sie das wieder gutmachen und heute nacht das Zimmer mit mir tauschen.

LEO Warum?

SIMON Maude meint, es könnten sich vielleicht Nachwirkungen bei mir einstellen. Sie möchte in der Nähe sein, wenn ich Hilfe brauche.

LEO *sieht* MAUDE *an.*

MAUDE Ich glaube, das wäre das Beste.

LEO Jeremy kann sich doch um ihn kümmern.

SIMON Leo versteht anscheinend keinen Wink mit dem Zaunpfahl, Maude...

MAUDE *hält sich aus dem Streit heraus* Ich gehe jetzt ins Bett.

MAUDE *geht zur Treppe und dann hinauf;* LEO *sieht ihr nach.*

SIMON *zu* LEO Das Zimmer im Haupthaus ist sehr nett. Im zweiten Stock oben links.

LEO *beobachtet* MAUDE, *die oben angekommen ist und in ihr Schlafzimmer geht.* SIMON *holt die Flasche Whisky von der Spüle.*

SIMON Noch einen Gutenachtschluck, bevor Sie gehen?
LEO Ich gehe nicht.
SIMON Ihr Zimmer brauchen wir eigentlich gar nicht, Leo, auch nicht Ihr Bett. Nur Ihre Matratze.
LEO Verpissen Sie sich.
SIMON *seufzt* Na, dann müssen wir eben sehen, wie wir zurechtkommen. Ich hoffe, wir stören Ihren Schlaf nicht. *Er wirft einen nachdenklichen Blick auf* MAUDES *Zimmertür.* Es könnte laut werden. Ich habe gehört, daß sie was für junge Männer übrig hat, aber ich wußte nicht, daß sie so ... ausgehungert ist.

SIMON *geht mit der Whiskyflasche zur Treppe und summt dabei »One More Night«.*

LEO Nicht nur für junge Männer.

SIMON *bleibt auf der Treppe stehen und sieht auf* LEO *hinunter.*

SIMON Haben Sie was gesagt?
LEO Ich habe gesagt, nicht nur für junge Männer. Ich habe sie vorige Nacht gebumst.

SIMON Wirklich?

LEO Sie glauben mir nicht?

SIMON Geben Sie mir ein paar Details. Überzeugen Sie mich.

LEO Unter der Dusche. Eingeseift.

SIMON *schüttelt skeptisch den Kopf* Hm. Kommt mir irgendwie bekannt vor.

SIMON *geht weiter die Treppe hoch.*

LEO St. Clair! Ich mache keine Witze!

SIMON Ein bißchen überzogen, wie wir in der Branche sagen. Gute Nacht, Leo.

SIMON *geht in* MAUDES *Schlafzimmer und schließt die Tür hinter sich.* LEO *geht zur Spüle, lehnt sich dagegen; er zittert, ist unsicher, was er tun soll. Von oben hört man leises, erotisches Lachen.* LEO *geht schnell in sein Schlafzimmer und schnappt sich Schlafanzug, Morgenmantel und Waschbeutel. Er kommt wieder heraus und geht zur Außentür. Sein Blick fällt auf* PENNYS *Aktenordner, er stutzt und nimmt ihn in die Hand. Dann geht er mit großen Schritten zur Außentür, öffnet sie, dreht sich um und wendet sich an die Büste von Aubrey Wheatcroft.*

LEO *zur Büste* Und du kannst mich auch mal.

LEO *geht hinaus und knallt die Tür hinter sich zu.*
Blackout

4. Szene. Am nächsten Morgen.

Die Scheune. Das Wohnzimmer ist leer. Die Außentür wird geöffnet, LEO *kommt mit Schlafanzug, Morgenmantel über dem Arm und Waschbeutel und* PENNYS *pinkfarbenem Aktenordner in der Hand herein. Er legt den Ordner auf den Tisch. Dann bringt er die übrigen Sachen ins Schlafzimmer, bleibt dabei kurz auf der Schwelle stehen und stellt überrascht fest, daß jemand in seinem Bett geschlafen hat und die Matratze an Ort und Stelle ist. Dann kommt er wieder aus dem Schlafzimmer und geht zum Tisch, um seinen Computer einzupacken. Die Badezimmertür wird geöffnet.* MAUDE, *im Morgenmantel und mit ihrem Waschbeutel in der Hand, kommt heraus.*

MAUDE *spröde* Guten Morgen.

> LEO *antwortet nicht. Er zieht das Kabel aus der Steckdose und wickelt es auf.*

Heute keine Textverarbeitung?
LEO Ich reise ab.
MAUDE Oh? Wann?
LEO So bald wie möglich.
MAUDE Die Studenten werden enttäuscht sein, wenn du am letzten Abend nicht hier bist.
LEO Kann ich auch nicht ändern.
MAUDE Simon ist abgereist. *Kurze Pause.* Ich fürchte, wir haben uns gestern abend alle sehr schlecht benommen.
LEO Alle?

MAUDE Naja, du hast Simon ziemlich unsportlich niedergeboxt.

LEO Und du?

MAUDE Und ich? Na gut, ja. Weißt du, normalerweise bin ich nicht so schlimm. Als ich eingewilligt habe, zu diesem Kurs zu kommen, habe ich mich für Simon interessiert. Dein Einspringen für Maurice Denton war eine unerwartete Ablenkung.

LEO Und was ist mit Henry?

MAUDE Henry?

LEO Spielt er bei deinen Berechnungen überhaupt keine Rolle?

MAUDE Och, Henry hat seine jungen Verehrerinnen. Er gibt ihnen in seinem Zimmer im College Einzelunterricht.

LEO Und du hast deine jungen Verehrer?

MAUDE Warum nicht?

LEO Es ist bloß – in deinen Romanen wimmelt es von subtilen moralischen Skrupeln.

MAUDE Das ist ein sehr hübscher Satz. Den muß ich unbedingt meinem Verlag für den Klappentext von »Verstand und Vorurteil« vorschlagen.

LEO Verstand und Vorurteil?

MAUDE Ja, so werde ich meinen neuen Roman nennen. Heute morgen im Bett ist mir plötzlich eingefallen, wie es weitergeht.

LEO Bist du deswegen so vergnügt?

MAUDE Bin ich das? Dann vermutlich deswegen. Es wird ein Roman darüber, wie schockiert junge Menschen reagieren, wenn ihre Eltern dieselben Rechte beanspruchen wie sie. Marion verliebt sich natürlich in Hamish, aber dann stellt sich heraus, daß er unglücklich mit einer

Katholikin verheiratet ist, die sich nicht scheiden lassen will, und deswegen müssen sie –

LEO *unterbricht sie* Sind deine Kinder schockiert über deine Lebensweise?

MAUDE Nein, ich bin sehr diskret. Du bestehst also weiter darauf, Romane autobiographisch zu interpretieren?

LEO Ich habe bloß die naive, altmodische Vorstellung, daß es eine gewisse moralische Übereinstimmung zwischen Leben und Arbeit geben sollte.

MAUDE Ich will dir ein Geheimnis verraten, Leo. Ich war früher eine genauso unterdrückte, unausgefüllte Frau wie meine Heldinnen, die »Dornröschen«, wie du sie nennst. Den ersten Mann, mit dem ich geschlafen hatte, hatte ich geheiratet, und das war zufällig mein Tutor. Erst Jahre später habe ich gemerkt, daß ich nicht die letzte in der Reihe seiner Schülerinnen war, die er in diesem Fach unterrichtet hat. Ich hatte keinen Liebhaber, bis ich fünfunddreißig war.

LEO Seitdem hast du aber einiges nachgeholt, hm?

MAUDE Vielleicht. Vor ein paar Jahren habe ich einen Roman über das sexuelle Erwachen einer Frau geschrieben. Für meine Verhältnisse war er ziemlich freizügig. Es kamen sogar Erektionen vor.

LEO Wie heißt er?

MAUDE Er ist nie erschienen. Mein Verleger hat mir davon abgeraten.

LEO Warum?

MAUDE Er hat gesagt, er funktioniert nicht. Ich glaube aber, eigentlich hatte er Angst, daß er meine Leser erschrecken würde.

LEO Ich würde ihn gern lesen.

MAUDE Tut mir leid, ich habe ihn vernichtet. Ich bin wieder zu meinen Dornröschen zurückgekehrt, die ich, wie allgemein behauptet wird, recht gut im Griff habe.

LEO *echt schockiert* Man soll nie etwas vernichten, was man geschrieben hat.

MAUDE *amüsiert* Warum nicht?

LEO Es ist ein Teil deines Lebenswerks. Zukünftige Kritiker werden ein unvollständiges Bild von dir haben.

MAUDE Glaubst du, die Leute werden deine Bücher noch lesen, wenn du tot bist?

LEO Sonst würde ich nicht weiterschreiben.

MAUDE Wirklich? Ich finde das ziemlich edel. Ich persönlich wäre damit zufrieden, wenn man mir aufs Grab schreibt: »Sie hat ihren Mitmenschen Freude gemacht.« *Sie gähnt.* Ich muß mich anziehen. Weißt du, es tut mir wirklich leid, daß du schon so früh abreist, Leo. Ich hatte Spaß an unseren Diskussionen über das Schreiben undsoweiter. Und Simon auch, glaube ich.

LEO Diese Diskussion hatte nichts mit Theorien zu tun. Es war nur eine literarische Version des alten ödipalen Two-steps: Leg Papa um und bums Mama.

MAUDE Wenn es dich tröstet, er war in der Beziehung eine ziemliche Enttäuschung.

LEO Du meinst, er war impotent?

MAUDE Nein, damit kann ich dich nicht trösten. Aber es war alles ziemlich schnell vorbei.

LEO Hat er deswegen in meinem Bett geschlafen?

MAUDE *nachdenklich* Ich bin mir nicht sicher, ob Simon Frauen mag. Davon handelte doch seine Geschichte im Grunde.

LEO Und wer interpretiert jetzt autobiographisch?

MAUDE Naja, Simon hat es doch eigentlich herausgefordert. Das gehörte zum Spiel.

LEO Ach ja, das Spiel. Literatenspiele.

MAUDE Du mußt zugeben, daß Simon dabei sehr geschickt ist. *Sie geht zur Treppe.* Bleibst du wirklich bei deinem Entschluß abzureisen? Penny Sewell wird schrecklich enttäuscht sein.

LEO Du weißt doch, daß sie mir gestern abend eine Geschichte zum Lesen gegeben hat. Sie ist sehr gut.

MAUDE Wirklich?

LEO Sie hat mir meinen Glauben an das, womit ich meinen Lebensunterhalt verdiene, wiedergegeben.

MAUDE Das ist doch immerhin eine Leistung für eine kleine Grundschullehrerin.

LEO Es ist ein unglaublicher Fortschritt im Vergleich zu der ersten Geschichte, die sie mir gezeigt hat.

MAUDE Ich finde, du schuldest es ihr, daß du zu der Lesung heute abend bleibst.

LEO *grübelt darüber nach.* MAUDE *fängt an, die Treppe hinaufzugehen.*

Versteh mich nicht falsch. Mir geht es nur darum, daß der Kurs einen guten Abschluß hat.

MAUDE *geht in ihr Zimmer. Beinahe sofort klopft es an der Tür.* PENNY *öffnet sie und steht auf der Schwelle.*

LEO Oh, hallo Penny. Kommen Sie herein.

PENNY Ich weiß, es ist noch nicht halb elf, aber jemand hat gesagt, Sie reisen ab.

LEO Ich hätte Ihnen aber vorher noch Ihre Geschichte zurückgegeben.

PENNY Was halten Sie davon?

LEO Setzen Sie sich doch.

Penny setzt sich. Leo nimmt den pinkfarbenen Aktenordner in die Hand, öffnet ihn und blättert die Seiten durch.

Ich weiß nicht genau, wie ich es formulieren soll.

Penny Sie taugt nichts.

Penny streckt die Hand nach dem Manuskript aus. Leo behält es in der Hand.

Leo Sie ist sehr gut.

Penny Wirklich?

Leo Es ist eine unglaubliche Verbesserung im Vergleich zu Ihrer ersten Geschichte.

Penny Ach toll. Vielen Dank.

Leo Aber.

Penny Aber was?

Leo Sie sind noch nicht soweit. Beinahe, aber nicht ganz. Aus Ihnen könnte eines Tages eine Schriftstellerin werden, eine richtige Schriftstellerin. Aber wohl nicht mit diesem Buch. Es wird schließlich knapp danebengehen. Sie werden es in eine Schublade legen und ein anderes anfangen müssen. Und vielleicht noch eins.

Während Leo spricht, öffnet Maude, die jetzt angezogen ist, leise die Tür ihres Schlafzimmers und bleibt auf der Schwelle stehen; unbemerkt von Leo und Penny hört sie der Unterhaltung zu.

Wenn Sie das durchstehen können, dann wird schließlich ein Buch von Ihnen erscheinen. Und Sie werden glauben, damit wäre Ihr größter Wunsch in Erfüllung gegangen. Ihr Buch ist gedruckt! Wow! Aber vielleicht wird man keine Notiz davon nehmen oder Sie kriegen ein paar hämische Kritiken, und dann werden Sie entdecken, daß es nicht reicht, gedruckt zu werden – Sie wollen auch noch den Erfolg. Beifall. Also heißt es wieder an den Schreibtisch, wieder an die Schreibmaschine. Es ist ein langer, einsamer Weg, Penny. Sind Sie sicher, daß Sie ihn gehen wollen?

Pause. PENNY *überlegt.*

PENNY Nein.
LEO *verwirrt* Nein?
PENNY Nein. Ich will ihn nicht gehen.
LEO Aber Sie haben Talent, das meine ich ernst. Das, was ich Ihnen eben gesagt habe, sage ich nicht sehr vielen Studenten.
PENNY Ja, ich weiß das zu schätzen und bin Ihnen dankbar. Aber meine Teilnahme an diesem Seminar hat mich irgendwie von meinem Wunsch kuriert, Schriftstellerin zu werden.
LEO Bei Ihnen klingt das wie eine Krankheit.
PENNY Ist es doch auch, oder? Eine Art Fieber. Ich sehe das bei den anderen Teilnehmern. Die Art, wie die Sie und Maude und Simon ansehen ...
LEO Was für eine Art?
PENNY Eine Mischung aus Ehrfurcht und Neid, weil Ihre Bücher gedruckt worden sind. Und sie alle sehnen sich verzweifelt danach, auch gedruckt zu werden. Das frißt sie innerlich auf, wie Krebs.
LEO Das liegt daran, daß die anderen kein Talent haben. Sie haben welches, Sie könnten eines Tages wie wir sein.
PENNY Ich bin mir nicht sicher, ob ich das möchte. *Pause.* Entschuldigen Sie, das war schrecklich unhöflich von mir.

LEO *winkt die Entschuldigung beiseite* Schon gut. Aber sagen Sie mir, warum.

PENNY Naja, Sie scheinen nicht sehr glücklich zu sein.

LEO Glücklich?

PENNY Nein. Und zwischen Ihnen herrscht die ganze Zeit eine Art Eifersucht. Als Maude ihre zweite Lesung gemacht hat, habe ich Sie beobachtet. Und bei Ihrer Lesung habe ich Maude beobachtet, und als gestern abend Simon gelesen hat, habe ich Sie beide beobachtet. Mir ist aufgefallen, daß einer von Ihnen oder alle beide niedergeschlagen aussahen, wenn wir anderen an einer Stelle gelacht haben. Sie haben allerhöchstens ein dünnes Lächeln zustandegebracht. Als ob Sie einander den kleinsten Erfolg mißgönnten. Und dann habe ich gehört, wie Sie Maude Komplimente über ihre Lesung gemacht haben ...

LEO Die Welt ist voll von unehrlichen Komplimenten, Penny.

PENNY Die erste Grundschulklasse nicht.

Pause

Mir kommen Schriftsteller so ähnlich vor wie Haie.

LEO Haie?

PENNY Ja. Ich habe mal irgendwo gelesen, daß Haie niemals schlafen und nie aufhören, sich zu bewegen. Sie müssen immer schwimmen und fressen, sonst saugen sie sich voll Wasser und ertrinken. Genauso kommen mir Schriftsteller vor. Sie müssen immer in Bewegung bleiben, Erfahrungen verschlingen, sie in Geschriebenes verwandeln, denn sonst würden sie nicht mehr anerkannt, gelobt und respektiert – und das wäre für sie der Tod. Sie schreiben nicht, um zu leben, sie leben, um zu schreiben. Ich möchte nicht so sein.

LEO *zeigt auf den Aktenordner* Warum haben Sie dann das hier geschrieben?

PENNY Ich nehme an, Ihre Kritik an »Lichter und Schatten« hat meinen Stolz verletzt. Verstehen Sie, ich bin an gute Noten gewöhnt. Ich dachte bei mir: Dem Kerl werd ich zeigen, daß ich schreiben kann.

LEO Und das haben Sie getan. *Er klopft auf den Aktenordner.* Hier ist der Beweis.

PENNY Ich sehe jetzt ein, wie schnell ich dieser Art Lob verfallen könnte. Also muß ich aufhören, solange noch Zeit ist.

PENNY *steht auf und will gehen.*

LEO Es tut mir leid.

PENNY Nein, *mir* tut es leid – daß ich Ihre Zeit vergeudet habe. Aber ich weiß Ihre Mühe zu schätzen, wirklich.

LEO *hält ihr den Aktenordner hin.*

LEO Da.

PENNY Ach, behalten Sie es. Oder werfen Sie es weg.

LEO Wollen Sie das nicht heute abend vorlesen?

PENNY Nein. Ich glaube, ich schleiche mich vorher weg. Auf Wiedersehen und vielen Dank.

LEO Auf Wiedersehen, Penny.

PENNY *geht hinaus.* MAUDE *macht auf dem Treppenabsatz einen Schritt nach vorn und kommt dann die Treppe herunter.*

MAUDE Hoffentlich vergißt sie nicht, ihren Hut mitzunehmen.

LEO Hast du die ganze Zeit zugehört?

MAUDE Mrs. Sewell hat also verborgene Tiefen. Etwas moralinsaure, wie ich sagen muß.

LEO *sieht geschlagen, ernüchtert aus.*

MAUDE Kopf hoch, Leo.

LEO Ich verliere nicht gern einen potentiellen Schriftsteller.

MAUDE Du meinst, du verlierst nicht gern ein Protektionskind.

LEO Hat sie recht? Sind wir wirklich solche Arschlöcher?

MAUDE *überlegt* Ich glaube, sie hat recht damit, daß wir Erfahrungen verschlingen. Wenn man einmal seine Identität als Schriftsteller gefunden hat, kann man nie wieder einfach nur leben. Alles wird zum potentiellen Material. Ich weiß noch, als meine Mutter im Sterben lag, habe ich die ganze Zeit darüber nachgedacht, wie ich darüber schreiben würde. Aber das bedeutet nicht, daß ich kein echtes Mitleid oder keinen Kummer empfunden hätte. Sie hat auch recht mit der Rivalität. Die ist unvermeidlich zwischen Literaten, zwischen Künstlern jeder Art, aber das bedeutet nicht, daß man nicht auch befreundet sein kann.

Das Telefon klingelt zweimal und hört dann auf. MAUDE *nimmt den Hörer ab.* LEO *fängt an, seinen Computer auszupacken und wieder aufzustellen.*

MAUDE Hallo, Henry ... Ja, ich bins, live. Wo warst du denn? ... Oh ... Sie ist nicht? Na, das ist ja eine Erleichterung ... Ja, hoffentlich wird sie das ... Ich würde sagen, morgen gegen Mittag – ich fahre drei Stunden ... Der Kurs? Oh, ich glaube, ganz gut. MAUDE *wechselt einen Blick mit* LEO. Es war sehr… interessant… Nein, Maurice hat im letzten Moment abgesagt… Jemand namens Leo Rafkin… Amerikaner… Erinnerst du dich an ein Buch mit dem Titel »Die Kluge Jungfrau«?

LEO »Kluge Jungfrauen«!

MAUDE Ja, sehr nett. Eher ernsthaft. Er findet englische Schriftsteller geschwätzig. Da hat er wohl recht. Wiedersehen, Henry.

MAUDE *legt auf.*

Du hast also beschlossen zu bleiben?

LEO Ich glaube schon.

MAUDE Gut.

LEO *schaltet den Computer ein.*

Findest du es nicht lästig, diesen Apparat überall mit dir rumzuschleppen?

LEO Ist nicht so schlimm. Dafür brauche ich keine dicken Manuskripte mehr zu tragen. *Er hält eine 3,5-Zoll-Diskette zwischen Daumen und Zeigefinger hoch.* Mein ganzer Roman steht auf drei solcher Disketten. Achtzigtausend Wörter, bis jetzt.

MAUDE Zeig mir, wie das funktioniert.

LEO *schiebt die Diskette ein und drückt auf eine Taste.* MAUDE *sieht ihm über die Schulter.*

LEO »Suche Datei. Name: 1. Kapitel.« Da ist es.

MAUDE Mein Gott, das ist ja Zauberei.

LEO Man kann den ganzen Text durchlaufen lassen. *Er drückt eine Taste mehrmals.*

MAUDE Was machst du jetzt?

LEO Also, ich könnte den Text revidieren. Oder ihn wegwerfen.

MAUDE Wegwerfen?

LEO *drückt eine Taste* »Alles löschen.«

MAUDE *lacht* Er fragt »Wirklich?«

LEO *tippt* J für »Ja«.

MAUDE Jetzt ist alles weg.

LEO Ja. *Er tippt.* »Suche Kapitel 2.«

MAUDE Wo ist der Text jetzt?

LEO Weg vom Fenster. *Er tippt.* »Alles löschen. Wirklich? Ja.« *Er tippt.* »Suche Kapitel 3. Alles löschen. Wirklich? Ja.« *Er tippt.* »Suche Kapitel 4. Alles löschen. Wirklich?«

MAUDE *besorgt* Was machst du da?

LEO Was glaubst du, was ich mache? *Er tippt.*

MAUDE Du vernichtest deinen Roman!

LEO *tippt* Jawohl.

MAUDE Aber warum?

LEO Ich habe den Glauben daran verloren.

MAUDE Du meinst, Simon ...

LEO Nein, nicht dieses Arschloch. Naja, vielleicht hat er doch etwas damit zu tun. Er hatte recht, ich bin blokkiert.

MAUDE Du wirst darüber hinwegkommen. Ich habs gerade geschafft.

LEO Nein, bei mir ist es chronisch. Mir ist etwas aufgegangen, als ich mit Penny gesprochen habe: Ich schreibe diesen Roman nicht, weil ich muß, weil ich es wirklich will, sondern weil ich glaube, daß ein großes Buch gut für meine Karriere wäre. Deshalb komme ich nicht voran. Das weiß ich eigentlich schon längst. *Er tippt.* »Kapitel 5. Alles löschen.«

MAUDE Tus nicht!

LEO Warum nicht?

MAUDE Du wirst es bereuen. Du hast gesagt, man soll nie etwas vernichten. Was ist mit der Nachwelt? Was ist mit den zukünftigen Kritikern?

Pause. LEO *scheint ernsthaft über ihren Appell nachzudenken.*

LEO Ich habe Ersatzdateien zu Hause.

MAUDE *lacht erleichtert.*

Ersatzdateien und haufenweise Ausdrucke.

MAUDE *geht zum Tisch und holt ein paar Aktenordner.*

MAUDE Es war also nur eine symbolische Geste. Ich war wirklich besorgt.

LEO *tippt* Nicht nur symbolisch. Ich brauche die Disketten für etwas Neues.

MAUDE *setzt sich hin, um zu arbeiten.*

MAUDE Wirst du wieder Kurzgeschichten schreiben?

LEO Nein. Ich dachte, ich probiere mal eine völlig neue Form aus.

MAUDE *geistesabwesend* Ach so?

LEO Ja. *Verschmitzt.* Ich habe da einen Einfall für ein Theaterstück...

Als der Groschen fällt, dreht MAUDE *langsam den Kopf und starrt* LEO *an.*
Vorhang.

ENDE

DAVID LODGE, geboren 1935 in London, lehrte von 1960 bis 1987 als Professor für Moderne Englische Literatur an der Universität Birmingham, war 1969 Gastprofessor an der University of California in Berkeley; lebt als freier Schriftsteller – verheiratet, drei Kinder – in Birmingham.

Von David Lodge ist u.a. erschienen: *The Picturegoers* (Roman, 1960) – *Ginger, You're Barmy* (Roman, 1962) – *The British Museum is Falling Down* (Roman, 1965; deutsch *Adams Tag,* München 1987) – *Out of the Shelter* (Roman, 1970) – *Changing Places. A Tale of Two Campuses* (Roman, 1975; deutsch *Ortswechsel. Ein satirischer Roman,* München 1986) – *How Far Can You Go* (Roman, 1980) – *Small World. An Academic Romance* (Roman, 1984; deutsch *Schnitzeljagd. Ein satirischer Roman,* München 1985) – *Write on. Occasional Essays 1965 – 1985* (Literarische Aufsätze, 1986) – *Nice Work* (Roman, 1988) – *Paradise News* (Roman, 1991). Außerdem ein Dokumentarfilm fürs Fernsehen über literaturwissenschaftliche Kongresse *Big Words – Small Worlds* (Channel 4, 1987).

Über David Lodge: Daniel Ammann, *David Lodge and the Art-and-Reality Novel,* Universitätsverlag Carl Winter, Heidelberg 1991.

Im Haffmans Verlag erschienen: *Saubere Arbeit* (Roman, deutsch von Renate Orth-Guttmann, 1992) – *Neueste Paradies Nachrichten* (Roman, deutsch von Renate Orth-Guttmann, 1992) – *Literatenspiele oder Das kreative Wochenendseminar für kommende Schriftsteller* (Eine Komödie, deutsch von Inge Greiffenhagen und Daniel Karasek, 1992). – Außerdem Beiträge im Magazin für jede Art von Literatur *Der Rabe,* Nr. 17 und 31. Weitere Werke in Vorbereitung.

David Lodge im Haffmans Verlag

Saubere Arbeit

Roman. Deutsch von Renate Orth-Guttmann

»Bestätigt Lodges Recht, als einer der besten Romanautoren seiner Generation ernstgenommen zu werden.« *Anthony Burgess/Die Welt*

Neueste Paradies Nachrichten

Roman. Deutsch von Renate Orth-Guttmann

»Ein witzig, geistreich und intelligent geschriebener Roman. Eine Literatur, die dringend gebraucht wird.« *Marcel Reich-Ranicki im Literarischen Quartett*

Literatenspiele oder Das kreative Wochenendseminar für kommende Schriftsteller

Komödie. Deutsch von Inge Greifenhagen und Daniel Karasek

»Meister der Situationskomik.« *FAZ*

Ins Freie

Roman. Deutsch von Renate Orth-Guttmann

»Vor allem ein Plädoyer für die Freiheit von Körper und Geist.« *Buchjournal*

Die Kunst des Erzählens

Ein angenehmes Lehrbuch. Deutsch von Daniel Ammann

»Das Buch macht Spaß und gibt spannende Einblicke in verschiedene Dichterwerkstätten.« *Göttinger Tageblatt*

Ortswechsel

Roman. Deutsch von Renate Orth-Guttmann

»Eine *Tour de farce*, bei der man beständig Szenenapplaus spenden möchte.« *Neue Zürcher Zeitung*

Therapie

Roman. Deutsch von Renate Orth-Guttmann

»Zu Risiken und Nebenwirkungen lesen Sie nicht den Klappentext, sondern unbedingt gleich den Roman.« *Die Woche*

Kleine Welt

Roman. Deutsch von Renate Orth-Guttmann

»Eines der wahrsten und vergnüglichsten Bücher der letzten hundert Jahre.« *Umberto Eco*

Sommergeschichten – Wintermärchen

Erzählungen. Deutsch von Renate Orth-Guttmann

»Man fühlt sich auf das angenehmste an Eric Rohmers Zyklus *Erzählungen aus den vier Jahreszeiten* erinnert.« *Wiener Zeitung*